LÉONARD LE CONQUÉRANT

De la même auteure :

Un jour je te dirai... (2018)

Contacter l'auteure :

https://www.facebook.com/ChristineDefrance.Auteur/

christine.defrance.auteure@gmail.com

LÉONARD LE CONQUÉRANT

CHRISTINE DEFRANCE

© 2021, Christine Defrance
Impression : BoD - Books on Demand, Norderstedt, Allemagne
ISBN : 978-2-9579001-0-7
Dépôt légal : juillet 2021

Création de la mise en page : Anne Guervel
Création de la couverture : Karine Willot

À ma famille pour son soutien, sa compréhension pour mon indisponibilité récurrente, pour mes absences trop nombreuses.

À mes filles tout particulièrement pour leur investissement dans la réalisation de ce livre.

À Nicole, pour son sérieux dans la relecture du manuscrit… Ce n'était pas une mince affaire !

À Jean, pour son soutien et sa présence, ainsi que pour ses conseils avisés.

Un grand merci également à Vanessa et Charles pour leur témoignage sur les conditions d'exercice de ce métier.

Aux hommes et aux femmes, à tous les agents de sécurité de France et d'ailleurs, Force et Honneur à tous.

PRÉAMBULE

Je m'appelle Léonard, je suis agent de sécurité, gardien, vigile, veilleur, c'est selon. Selon l'endroit et bon nombre de critères que je ne maîtrise pas.

Un vigile, c'est souvent le type bien baraqué à l'entrée d'une boîte de nuit qui vous empêche d'entrer, le videur qui vous expulse avec perte et fracas mais avec la plus grande efficacité, le parasite qui vérifie le contenu de votre sac vous soupçonnant de vol, ou simplement à titre de dissuasion, l'empêcheur de tourner en rond, le mec qui passe son temps derrière les écrans de vidéosurveillance et donc, qui ne fiche rien, qui se contente de regarder des images. Bref, c'est un métier qui lui permet de se la couler douce. J'admets, parfois, les heures sont longues. Et pourtant, il veille en permanence sur vous et sur les biens vous permettant de gagner votre vie.

Mais rendons à César ce qui lui appartient, à commencer par son titre : Agent de Prévention et Sécurité. Cet acteur du quotidien, agent cynophile ou non, grâce à qui vous pouvez travailler en toute quiétude, est là pour vous épauler en cas d'urgence avec ses compétences de secouriste, d'équipier de première intervention. En conclusion, il est un élément majeur de votre tranquillité.

Mais pour ce faire, il a des consignes à respecter. Alors forcément, de temps à autre, il est moins sympathique. Malgré tout, il ne doit jamais perdre son self-contrôle, il doit rester ferme et courtois en toute circonstance, ne jamais montrer ses émotions, toujours rester constant. Surtout, il ne doit jamais s'excuser d'effectuer son travail.

L'agent de sécurité est un éclaireur placé en première ligne du front par lequel l'information doit passer.

La charge mentale peut, à certains moments, à force de cumul, amener à la saturation. Mais, c'est bien connu, ça ne fait jamais rien un agent de sécurité. Le stress ? Mais quel stress ?

Il est un maillon important dans cette chaîne de sûreté et de calme, et l'on pourrait imaginer qu'il soit considéré à cette juste valeur, et pourtant... La reconnaissance n'est pas toujours au rendez-vous, de même que le respect.

L'histoire qui va suivre est la mienne.

CHAPITRE I
C'est qui le chef ici ?

C'est une nuit d'automne pluvieuse. Je reviens de ma dernière ronde. Je cherche à me réchauffer contre un convecteur à la limite de rendre l'âme, à moitié rouillé, le seul et unique que l'on ait. Et surtout, il ne faut pas se plaindre, c'est déjà une faveur ! Il paraît qu'ils ne peuvent pas faire mieux. Ben tiens ! Le linoléum est troué de brûlures de cigarettes, déchiré par endroit, un vrai danger. Les fils électriques pendent lamentablement. Bref, il en faudrait peu pour provoquer un court-circuit. C'est un nid à courant d'air. La nuit, en plein hiver, on perd dix degrés. Triple épaisseur sur le dos, et encore, la plupart du temps, je ne suis pas là. Je me planque à l'abri, comme je peux, là où je peux. Tout est mis sous alarme. Je ne peux aller que dans les sanitaires. Ça pue et ce n'est pas chauffé, mais c'est déjà moins froid. Forcément, la nuit, ce n'est pas la peine, il n'y a personne. Seul le vigile est présent sur le site. Il a son algéco... Mais à choisir, m'isoler ailleurs me fait un break.

Je me frotte les mains, je baille, je m'étire. J'ai froid, je frissonne. Mes bijoux de famille jouent des castagnettes. Je cherche un peu de chaleur contre le semblant de radiateur poussif qui serait tout de même bien capable de me transformer en saucisse grillée. Une petite étincelle et vive le super barbecue de l'année. Du jamais vu Mesdames et Messieurs à cette époque. Je suis certain que je ferais un merveilleux cochon de lait.

Je me souviens de mes premières vacations sur un parking de messagerie. Je passais mon temps dans mon véhicule, faute de mieux. Rien pour me réchauffer. Je mettais le contact et faisais tourner le moteur de mon vieux tas de tôle. Le carburant brûlait à vue d'œil.

Aujourd'hui, ce n'est pas Versailles, mais je suis protégé. C'est un plus. Tout de même, ils pourraient mieux faire.

Et si je m'allongeais sur le banc... Il est trois heures. Dans une demi-heure, j'ouvre, et il tombe des cordes. Le livreur de journaux arrive. Je n'ai pas envie de sortir, ni envie de ressembler à un chat dégoulinant, tenant plus du rat en pleine panique, éjecté tout droit du Titanic en train de couler. Il doit avancer jusqu'à la porte. Il râle, il perd du temps, je m'en fous, je me gèle. Je récupère les trois feuilles de chou. Ah oui, nous avons tout de même la nôtre, il faut bien penser à nous de temps en temps. Donc, il nous est permis de prendre connaissance des nouvelles du jour gratuitement. Yes ! Trop content là ! C'est un avantage absolument prodigieux. Je prendrai un café au resto tout à l'heure après ma lecture que je qualifie d'instructive. Il faut bien se tenir informé.

Je jette un œil sur le P.T.I[1]. Je me rends compte qu'il n'est pas chargé... Matériel de merde. Tant pis, je n'ai pas le choix, je ferai sans lui. Et si j'utilisais mon droit de retrait hein ? Pas de P.T.I., pas de ronde. Après tout, je suis tout seul ici. La clôture est en mauvais état, et c'est sans compter les recoins d'ombre. Je peux me faire alpaguer. Pire, être assommé et laissé pour mort. Ça donne envie de bosser. Il ne manquerait plus que la lampe en fasse autant. Je les entends brailler d'ici. Je ris intérieurement au binz que ma décision provoquerait. Je suis mort de rire. Le gardien que vous ne voyez même pas, que vous ignorez quand tout va comme vous le souhaitez, a tout de même un sacré pouvoir sur vous, non ? Je n'ouvre pas, vous ne bossez pas. C'est moi qui tire les ficelles. Moi, Léonard Le Conquérant, le gardien comme vous l'appelez, l'agent de sécurité qui fait partie du décor. Le droit de grève, il paraît que c'est reconnu et légitime. Pour tout le monde ?

Trêve de plaisanterie, je note sur la main courante que le P.T.I. est hors service. En journée, ils s'en foutent, ils restent ici douze heures, sans même pouvoir pisser. Et moi, je ne bosserai pas ce soir, ni même demain, alors basta !

Je regarde ma montre. Ils évitent l'achat d'une pendule. Il faut économiser, les temps sont durs. Je récupère le trousseau de clés, le téléphone de service. J'entrouvre la porte et jette un coup d'œil à l'extérieur. La pluie s'est calmée. Je me décide à sortir. Je me dirige vers le bâtiment administratif, j'ouvre la porte, je coupe l'alarme, et j'effectue une inspection rapide des locaux.

Puis, je m'occupe du secteur de production. Je compose le digicode. La télésurveillance m'appelle. « C'est l'ouverture ? » Non, sans blague ! Ça se passe toutes les nuits à la même heure, mais des fois qu'on se fasse braquer, j'admets, ça rassure... un peu... « Oui, c'est l'ouverture, c'est l'heure ». Ils demandent le mot de passe, quel mot de passe ? Merde, je l'ai oublié. Et, si je me plante, ils envoient la cavalerie ? Tagada Tagada voilà les Dalton ! Allez, fais un effort mon grand. Je leur dis ce qui me vient à l'esprit, ça marche. T'es le meilleur mon gars ! Plus qu'un petit tour, trois portes à ouvrir, et l'affaire est dans le sac. Je vérifie l'heure sur le téléphone portable, il s'allume, c'est plus pratique et surtout plus rapide. Faut que je me magne, les ouvriers vont arriver. Je cours, et j'aperçois déjà les premiers phares. Oh ! Tu ne peux pas baisser les yeux, enfoiré ? Il s'agit, dès quatre heures du matin, la journée va être longue. Sans blague. Moi, je suis mort, et il faut que je la ferme. Il me reste trois heures à tenir. Il ne va pas me pourrir l'existence. Laisse-le dire. J'ouvre la grille d'entrée. C'est à peine si j'ai eu le temps de m'écarter. Tu te crois où, le frimeur ? Au bowling ? Tu veux faire un strike ? Ta femme a ses règles ?

Je retourne dans la cabane minable qu'un chien galeux ne voudrait pas. Mes yeux se posent sur les journaux. Je soupire. Je dois y retourner. Les consignes m'obligent à en déposer un exemplaire à l'accueil pour la direction, un autre au local syndical. Bientôt, ils nous feront distribuer le courrier. Comme s'ils ne pouvaient pas s'arrêter au poste de garde pour les récupérer eux-mêmes. C'est quoi le poste de garde au fait ? Ce truc vétuste et insalubre qui nous sert accessoirement d'abri ? La pluie s'est infiltrée sous une fenêtre et dégouline au sol, le long de la cloison. Mais ce n'est rien, nous ne semblons pas mériter mieux. Changer le bungalow ? Mais vous rigolez, vous savez combien ça coûte ? Estimez-vous heureux d'avoir au moins ça. Ouais, parce que nous le valons bien... Nous apprécions cette générosité à sa juste valeur.

Je saisis les deux journaux, je les dépose au pas de course, et, de retour, je remets à leur place clés et téléphone. Je renseigne la main courante, et j'attends que les salariés déboulent.

Quatre heures quinze. Le défilé de l'équipe du matin commence. Bon Dieu, encore un qui a failli manquer le virage. C'est marqué quoi sur le panneau là ? Dix kilomètres à l'heure ! Repassez le code bande de nazes ! J'ai du mal à intégrer le concept qu'on soit si pressé d'aller au taf. Moi, c'est quand je le quitte, normal. Je guette le bruit d'un choc. Rien. Même pas un dérapage. Je suis déçu.

Je sursaute à un tambourinement contre la porte. « Ça fait cinq minutes que j'attends » Ah ouais ? Et alors ? Je dois aussi être le garde-barrière. Si ça me gonfle, je vais la bloquer en ouverture. Il veut quoi le pitbull ? Il a oublié son badge. Bon, il va falloir appeler son chef, bien sûr, il ne répond pas quand on le sonne. Il faut lui laisser le temps de prendre son café, de fumer une clope, de se réveiller, de se changer, et cætera, et cætera. Bref, il va attendre encore. Il grogne, il va être en retard, ce n'est pas mon problème, je m'en tape. J'ai des consignes, moi, Monsieur. Je fais mon boulot. Ah ! Le chef rappelle. Alors quoi, pourquoi il ne rentre pas ? Il a sa carte d'identité ? Parce que tu ne réponds pas quand je te cherche, t'as imprimé là ? Je lâche le fauve, il part en claquant la porte, la cahute tremble de tous les côtés. Un jour, c'est sûr, tout va s'écrouler. Je ne sais pas ce qui me retient d'y mettre le feu, de tout plaquer et de quitter ce monde de brutes pour les Bahamas.

Cinq heures, l'équipe est au complet, et, ô merveille, le calme est revenu. J'entends le ronflement des machines au loin, un bruit étouffé par la bâtisse. J'ai envie d'un café. J'en profite pour en griller une. À mon retour, je pose le gobelet sur la table à côté du banc, et je m'installe au mieux, malgré le froid humide de la fin de nuit. Je frissonne.

Je nettoierai plus tard. Dans tous les cas, je ne vois pas comment rafraîchir cette cage à poules merdique. Ouais ! Sans blague ! La boniche a décidé de faire la grève du zèle. Je ne suis pas encore à la fin de ma vacation. Je peux bien m'accorder un peu de répit... Juste un petit quart d'heure...

◆

Je me sens étrangement bien, apaisé, comme flottant sur une épaisse couche de nuages, l'esprit dans la ouate, libéré. Je vole, je vole... Je plane au-dessus de l'usine minuscule et sa fourmilière en mouvement. Je fais un signe, personne ne répond. Aucune importance, normal, on ne me voit pas, je suis trop bien, en apesanteur. Mais que se passe-t-il ? Je tombe en chute libre, mon corps remue dans tous les sens, j'entends un bruit de voix. Au secours !

Je retrouve mes esprits dans un sursaut, ma relève est arrivée.

— Mais qu'est-ce que tu fous Léo ? Secoue-toi nom de Dieu, y a au moins dix bagnoles qui bloquent l'entrée, ça gueule !

— Il est quelle heure ?

— Six heures quarante-cinq.

— Oh putain !

Je tourne la tête, mon café est toujours là, froid. Je prends conscience que je me suis endormi. Le collègue actionne l'ouverture de la barrière.

— Putain ! T'as encore pas lavé ! Tu ne vas pas me dire qu'en douze heures de vacation, tu n'as pas eu le temps !

— Rien à foutre ! c'est déjà une merde ce truc-là, ça ne changera pas grand-chose. Je ne suis pas femme de ménage. Je suis agent de sécurité. Écoute, mentionne-le sur la main courante si tu veux. De toute façon, ils ne vont pas me virer pour une connerie pareille. Je m'en bas les cahuètes.

— Tu sais bien que c'est clairement stipulé dans le règlement intérieur. Les agents doivent entretenir le poste de travail ! C'est juste une question d'hygiène et de respect. C'est quand même pas trop demander, non ? Tu fais chier, Léo ! Sinon quoi de neuf ? Y a des consignes ?

— Quoi, quelles consignes ? Non, rien, le PTI, il déconne. Je l'ai noté. Faudra appeler l'agence dans la journée. Sinon R.A.S.

— Je m'en fous, je ne m'en sers pas, la journée.

— Tu t'en fous ? Moi aussi. On est mal barrés. C'est génial l'esprit d'équipe. Avec moi, c'est donnant-donnant. Dans le cas contraire, chacun sa merde.

Allez, moi, je me casse. Je vais me coucher pour de bon. Ras-le-bol. Salut. Bonne journée. À Plus. Je récupère mes affaires à la hâte, je ferme mon sac à dos, et regagne ma voiture garée à proximité. Même le parking des salariés nous est refusé. Nous ne sommes pas du même monde. À chacun sa place. Celle du chien est bien à la niche. Je m'installe au volant après avoir balancé mon baluchon dans le coffre, je mets le contact, et je roule vers d'autres cieux, enfin...

Je suis épuisé. Trente bornes à faire avant de vraiment décompresser. Les yeux brûlent, la nuque est raide. Les paupières ne demandent qu'à se fermer. Mais peu importe, je retourne chez moi, loin de ce prodigieux bazar.

Klaxons à un carrefour, je manque de me faire emboutir par une voiture à ma droite, j'ai refusé la priorité, j'ai coupé la route, un peu tard, je fonctionne au radar. C'est à peine si je réagis. Je crois que je l'ai échappé belle.

La route est longue, surtout les quinze derniers kilomètres, ce quart d'heure où tout peut basculer, où la vigilance n'est plus là, trop confiant de s'approcher du port, mais le navire n'a pas encore accosté. Ma tête s'alourdit. Je me fais doubler. J'ai du mal à avancer.

Plus que cinq kilomètres. Je vois le bout du tunnel. Le panneau d'entrée de ma ville. J'y suis presque... Plus que cinq minutes... Le sprint à l'approche de la ligne d'arrivée. Enfin E.T. Maison ! Je récupère fébrilement mon trousseau de clés, déverrouille la porte du garage afin de mettre mon véhicule à l'abri. Je suis arrivé à destination.

Une douche, un petit déjeuner rapide, trois heures environ de sommeil, pas plus, il ne faut pas trop dormir, ce soir je ne travaillerai pas. Je vérifie mon planning pour m'en assurer. J'ai quarante-huit heures de repos, après trente-six heures de travail. Pour l'instant, je ne pense plus qu'à la détente.

◆

Il est treize heures, ma « nuit » est déjà terminée. À peine quatre heures de repos. Je ferai mieux ce soir, peut-être. Je mets la cafetière en route, je rince le bol utilisé ce matin que j'ai posé dans l'évier, et je branche le grille-pain, j'insère deux tranches de pain de mie. J'ouvre le réfrigérateur, je fais le point sur ce qu'il me reste, plutôt vite fait. Si j'insiste un peu, je suis certain que je finirai par entendre de l'écho. Je prends le fromage, un paquet de jambon cru sous cellophane dont la date est passée de quelques jours. Bon je ne vais pas en mourir.

La fabrique de caféine ronronne, il faudrait que je la détartre, elle est un peu longue, ou est-ce moi qui deviens impatient... J'y penserai demain. Je récupère le récipient et m'en verse une petite quantité. Le pain grillé saute, les tranches sont trop noires, j'ai encore oublié de régler le thermostat. Tant pis pour moi. Je récupère les toasts en me brûlant les doigts, je bois une rasade de café chaud réconfortant.

Ah ! Que c'est bon d'être chez soi. Ne plus penser à rien, ne plus regarder l'heure, ne plus ressentir d'angoisse ou de stress. En même temps, pas de quoi en avoir. Mais bon, pas simple à gérer tous les jours quand même. Et puis j'aime travailler la nuit, là au moins on me fiche la paix. Mon repas frugal terminé, je laisse tout en vrac sur la table de la cuisine. J'ai envie d'air. J'ouvre la porte-fenêtre du séjour et me prends en pleine face le souffle frais de l'automne. Je ne vois pas de soleil. L'humidité persiste. Putain de temps !

J'allume une clope et aspire avec gourmandise cette fumée qui m'empoisonne un peu plus chaque jour. Le toubib me dit qu'il faut que j'arrête à chaque consultation. Je tousse, c'est de saison. J'observe un chat qui avance à pas feutrés, méfiant, comme si j'étais un danger potentiel, c'est bien connu, je suis rapide comme l'éclair, c'est moi Superman.

Il marque un temps d'arrêt, me fixe de ses yeux verts. Il me fait rire ce greffier. Je prends la pose d'un boxeur prêt à bondir, les jambes écartées, les genoux pliés, les poings prêts à cogner, sautillant sur place, d'un pied sur l'autre. Digne de Mohamed Ali. « Allez viens, tu veux te battre ? Allez viens le chat, viens ! » Il se met sur la défensive et se raidit sur ses pattes en arrondissant le dos, poils hérissés. Silence, la queue du chat balance. Je ris de plus belle. Je me dis que c'est con un chat.

Il prend la poudre d'escampette et s'enfile souplement sous le grillage, passant chez les voisins. Courage ! Fuyons ! Je balance mon mégot, et je referme la fenêtre.

Je fouille dans la pile de mes vidéos, un bon film pour l'après-midi, tranquille. Je branche le lecteur et insère le Compact Disc. Pendant qu'il charge, je me reverse un autre café. Puis je m'installe sur le canapé, pas plus en état que moi. Je me dis qu'il faudrait le virer, juste garder un fauteuil ou deux. Plus tard. Je chope la télécommande sur la table basse et lance la lecture. Le générique défile, je me cale contre le dossier, un oreiller dans le bas du dos et allonge les jambes sur un pouf. Je suis bien…

◆

Je sursaute au bruit assourdissant d'une musique endiablée. Sur l'écran face à moi, une scène de bagarre. Mais quelle heure est-il ? Le film est quasi terminé, je n'ai rien vu. Super ! Il est dix-sept heures trente, la pénombre a envahi la pièce, l'enveloppant d'un noir intense. Seules les lumières des lampadaires de la rue proche projettent un semblant de lueur. Allez Léo ! Je m'étire et me lève péniblement. J'allume la pièce et j'éjecte la vidéo du lecteur afin de la remettre dans son étui. Deux jours de repos et déjà la première journée est bouclée. Saloperie de métier ! Bon, un petit remontant ? Ouais, et puis c'est l'heure de l'apéro, un whisky ne me fera pas de mal.

Je m'en sers un verre, la télévision marche toujours, je ne la regarde pas, j'entends, mais je n'écoute pas. C'est juste un bruit de fond, une compagnie pour meubler le silence. Je pense à ma vie, je pense qu'il faut que j'arrête ce rythme de dingue. Je pense que depuis dix ans, c'est ce foutoir qui paye mes factures.

Un verre, suivi d'un second, puis d'un troisième. Je m'en fous, je ne travaillerai ni ce soir, ni demain, je me sens seul, désespérément seul… Mais quelle femme partagerait ce genre de vie là ? Il y a bien Maria. Elle est géniale, trop sans doute. Elle mérite bien mieux. Elle me supporte… Un peu… Je devrais adopter un chien, ou un imbécile de greffier. J'aurais moins mauvaise conscience… Quoique… Ah ! Quand on parle du loup… Un texto « Coucou comment tu vas ? Je passe ce soir si tu veux, j'apporte le dîner » ? Bof, pas trop envie, plutôt besoin de m'enfermer dans ma grotte, mais bon si ça lui fait plaisir « OK ».

Dix-neuf heures. La sonnette de la porte d'entrée retentit. J'ouvre sur une belle brune aux yeux bleus étincelants « Tu m'aides ? C'est lourd ! » Comment elle fait pour rester aussi belle après toutes ces années ! « C'est quoi ? » « Chou farci ».

Nous échangeons des banalités d'usage, je lui raconte ma dernière nuit, comme tant d'autres, mon ras-le-bol, comme d'habitude, comme de plus en plus. Elle soupire. Je l'ennuie ? Non, elle désespère me dit-elle. Elle désespère de me voir heureux un jour, elle me conseille de consulter. Moi ? Eh ! Faut pas pousser tout de même. Je ne suis pas encore fada ! Je coupe court à la discussion qui me met mal à l'aise.

Nous passons à table. Elle me raconte à son tour sa journée plus agréable que la mienne. Elle, au moins, est satisfaite de ce qu'elle fait, c'est bien. Moi, je ne pourrais pas rester toute la journée, voire certaines nuits, au milieu de bestiaux malades. Mais elle a choisi de leur sauver la vie. Après tout, cela ne doit pas être pire que pour les humains. Dans le fond, c'est Maria qui a raison, il n'y a que mon nombril qui compte. Je n'ai du cœur pour rien, si ce n'est pour mon métier. Si elle savait ce que j'en pense...

J'ai envie d'un autre verre de vin, je ne sais plus à combien j'en suis. Et d'en griller une. Je l'allume dans la cuisine et, à mon habitude, j'ouvre la fenêtre du séjour pour la fumer dans le jardin.

À mon retour, Maria me toise de ses beaux yeux qui n'étincellent plus.

— Tu fumes trop, tu bois beaucoup trop aussi. Combien tu en as descendu avant que j'arrive ?

— Tu m'emmerdes Maria. J'avais une mère, elle, je la respectais, toi, tu n'as pas d'ordres à me donner.

— Bien, écoute, je vais rentrer chez moi. Je t'appelle demain. D'ici là, tu auras sans doute retrouvé tes esprits. Je te laisse la gamelle. Tu auras un repas tout prêt demain.

Elle se lève, prend son sac à main, son manteau et se dirige vers la sortie. Je la suis en silence. Elle pose sa main sur la poignée et, un instant, s'arrête. Elle fait volte-face, me caresse la joue tendrement «Je ne suis pas contre toi Léo, je suis inquiète, prends soin de toi, à demain». Elle m'embrasse furtivement sur la joue en se hissant sur la pointe des pieds, et disparaît.

Maria, cette femme sublime et formidable que je ne mérite pas, cet ange qui me traite comme un roi et moi, je me comporte avec elle comme un vrai con. Faute avouée est à moitié pardonnée paraît-il. Je vais tâcher de m'en convaincre. Et puis, après tout, je ne lui demande rien moi. Elle est assez grande pour prendre ses décisions toute seule. Je ne parle pas de sa taille, sacré couillon! Elle est mignonnette sa taille!

Je laisse le bazar en vrac, je rangerai demain. Je gobe un cacheton prenant soin d'emporter la boîte que je poserai sur la table de chevet, au cas où, et je monte m'allonger. Il faut que je dorme cette nuit...

Je loupe la première marche de l'escalier et m'affale comme un gros sac dans un fracas de tremblement de terre me coupant le souffle. Bravo mon gars. Tu as l'air d'un con. Je grommelle des trucs invraisemblables, des onomatopées interdites aux moins de dix-huit ans, n'ayant de sens que dans mon esprit embrumé, je me relève péniblement dans un grognement qu'un ours des cavernes m'envierait. Eh! Toi, le gros poilu, la ferme!

Allez, un petit effort, on y est presque. Plus que quelques marches. Je m'écroule enfin sur mon lit. Je me laisse aller à ce délice paradisiaque du sommeil. Pas le courage de me dessaper.

Salut les terriens, Morphée[2] m'appelle, il ne faut pas le décevoir...

CHAPITRE II

Salut Claudie !

— Qu'est-ce qu'on a ?

— Ce n'est pas beau à voir patron. La victime, un homme d'une quarantaine d'années, type européen. Un certain Gérard ANTOINE. Il a été poignardé dans son lit. L'agresseur s'est littéralement défoulé sur lui.

— Hum... Qu'en pense le légiste ?

— Commissaire GUÉRIN, c'est un plaisir de vous revoir !

— En voilà un qui a de l'humour. Salut Doc, vos premières constatations ?

— La victime a été poignardée à plusieurs reprises, l'arme n'a pas été retrouvée.

— Couteau ? Poignard ? Quelle taille ?

— Je vous en dirai plus après l'autopsie.

— Des traces de lutte ou d'effraction ?

— Oui patron, venez voir. Regardez là, l'agresseur a cassé la vitre pour ouvrir le verrou. Avec un peu de chance, on aura son A.D.N. Pas de traces de lutte. Il a dû l'avoir en plein sommeil.

— Je veux un relevé complet, traces de chaussures, c'est humide dehors, empreintes, recherches d'A.D.N., si, comme vous le dites, c'est de l'ordre du possible. Et cætera, bref, tout le monde connaît la chanson.

— Ok patron.

Quatre heures du matin. La commissaire Claude GUÉRIN se trouvait déjà sur le pied de guerre. Un balisage jaune entourait le terrain autour d'une maison, en pleine campagne. Quatre heures du matin, bon sang, elle aurait payé cher pour se trouver encore sous la couette. La brigade scientifique s'affairait sur les lieux à effectuer tous les prélèvements nécessaires, à prendre des clichés de la scène du crime. Dans leur combinaison blanche, recouverts de la tête aux pieds, les techniciens biologistes semblaient être des extraterrestres, des cosmonautes, des êtres imaginaires, flottant et virevoltant. Elle qui rêvait de vacances, ce n'était pas pour maintenant.

Elle s'éloigna de cet univers lunaire, fit un signe de la main à l'assemblée, lança un «ROBERT! Huit heures au poste avec vos premières conclusions!» «Oui patron!».

◆

— Salut Claudie, comment tu vas?

— Salut Léo, y a que toi qui m'appelles comme ça, même les yeux fermés je te reconnaîtrais entre mille. Qu'est-ce qui t'amène?

— Parce qu'il faut une raison pour venir te voir ? Je pensais qu'un vieil ami comme moi avait droit d'accès illimité dans ton jardin privé.

— Pas à moi tu veux ? Tu n'agis jamais sans raison, jamais si ça ne sert pas tes intérêts, tu te fous pertinemment des autres. Va au but, j'ai du boulot là.

— Tu bosses sur quoi en ce moment ?

— Ça ne te regarde plus il me semble.

— Même pas en souvenir du bon temps ? Je t'ai connue plus coopérante. Tu as toujours ton petit whisky dans le bas du placard ?

— C'est ça, ne me fais pas ton chantage affectif habituel. Je ne me laisse plus avoir. Il est dix heures du matin. Tu n'as pas cassé la gueule à tes démons à ce que je vois.

— Commence pas Claudie.

— Tu culpabilises toujours on dirait. Tu as peur de quoi ? Tu n'es responsable de rien Léo, et tu le sais.

— Je n'ai pas été là quand il le fallait... Je n'ai pas su agir... Deux fois Claudie... Et toi, les tiens, tu les exploses quand ?

— Mais enfin déconnes pas tu ne pouvais rien faire. Les miens ? Comment ça les miens ?

— Commissaire Claude GUÉRIN de sexe féminin, mais que Papa aurait voulu de sexe masculin, qui fait tout son possible pour se comporter en mec pour être acceptée par son paternel et qui en oublie d'être une femme. Bref, une vraie casse-cou qui zappe son identité.

— N'importe quoi !

— Ah ouais ? Et tu crois que je voulais quoi, moi, dans mon lit hein ? Un garçon manqué ? Une dominante adepte de la cravache et des menottes ? Trop drôle les menottes ! Sans doute une déformation professionnelle. À croire que tu ne peux plus t'en passer. Ça m'excite rien que d'y penser la vache ! Non madame, je voulais une femme, une vraie femme, douce, tendre, féminine, sexy, une gonzesse quoi ! À la limite, j'aurais admis le costume de l'infirmière.

— Mets-la en veilleuse, tout le monde t'entend !

— Tiens, Madame se soucie de sa réputation ! Ok je me calme.

— Tu as Maria maintenant, si elle supporte ça encore longtemps.

— Laisse là en dehors de ça.

— Pourtant elle y est mêlée. Je te rappelle que tu as quitté la Maison à cause de ça, et que tu m'as quittée à cause de ça. Apparemment ça ne t'a pas suffi. Alors que tu cherches à me culpabiliser, c'est plutôt gonflé de ta part.

— Je ne suis pas venu pour que tu me fasses la morale.

— Mais tu m'écoutes quand même, je suis la seule qui arrive à te rentrer dans le lard sans se faire rembarrer. Tu ronges ton frein, mais tu m'écoutes. Je suis peut-être un mec travesti en femme, et d'ailleurs peu importe le costume puisqu'il ne sera jamais le bon pour toi, et je m'en balance. Mais il m'arrive d'avoir les couilles que certains n'ont pas.

— C'est pour moi cette réflexion ? Merci du cadeau, génial.

— Vois avec ta conscience, désolée de te dire ce genre de chose, mais tu l'as cherché. Nous avons été complices sur le terrain bon nombre de fois. On est de la même veine toi et moi, et tu ne peux rien y faire. Même si tu n'es plus flic aujourd'hui, y'a pas d'antidote pour ce virus-là.

— Mouais, j'ai fait une connerie de partir Claudie ?

— Il n'y a que toi qui puisses le savoir Léo. Ce qu'il y a de certain, c'est que tu aurais dû suivre une thérapie avec un psy avant de claquer la porte. Pas à la brigade, comme tu le sais, ce n'est pas demain la veille qu'on en aura un à disposition, à mon grand regret.

— J'aime pas les psys. On en a déjà assez parlé.

— À force de te blinder, tout va exploser. Il faudra bien que tu y penses un jour. Je dois y aller, prends soin de toi. Fais pas de conneries Léo.

— J'y travaille, comme d'hab. tu me connais. Bye Claudie, à la prochaine.

— Oui, justement... Fais gaffe.

◆

Léonard

Je sors du commissariat et je déambule dans les rues, sans but jusqu'à la terrasse d'un bistrot où je commande un café serré.

Malgré le froid humide, je suis resté à l'extérieur pour pouvoir fumer, histoire de m'aider à réfléchir. Je sais c'est con, mais ça m'aide à me concentrer. Le serveur dépose un expresso devant moi sur la petite table, me présente la note, absolument pas en rapport avec la taille de la tasse. J'extrais mon paquet de cigarettes de la poche de mon pardessus et cherche fébrilement mon briquet.

La clope entre les lèvres, je joue avec la flamme qui danse avec le vent, je la caresse du bout des doigts, essayant de sentir un peu de chaleur. Je l'approche pour allumer mon distributeur de poison et le pose devant moi. J'aspire une grande bouffée et expire la fumée qui s'échappe en volutes grisâtres. J'observe ce nuage léger et libre de toute contrainte, je me dis que je voudrais bien être à sa place et m'évaporer aussi simplement que cela.

Je pense à la légèreté de Maria, à sa gaieté, à son sourire, à sa beauté. Que puis-je donc lui apporter sinon des embrouilles, des nuages noirs, des orages, des tempêtes ? Quand j'imagine notre couple, j'ai l'impression de voir Quasimodo et Esméralda. Victor Hugo doit bien rire à ce piètre cliché. Personnellement, cette extrapolation me ferait plutôt grincer des dents. Il faudra, qu'un de ces quatre, je lui parle sérieusement.

J'arrête mes réflexions philosophiques et je remonte le col sur ma nuque, je remets mon briquet dans une poche, je bois le café d'une traite, et je file. Je parcours le boulevard d'un pas rapide. Un passant me salue. Je bougonne un bonjour inaudible. Je contourne un square, le cinéma, tiens, je le croyais fermé. Je m'arrête à un food-truck et je commande un hot-dog accompagné d'un cornet de frites pour mon déjeuner. J'accélère le pas et arrive enfin devant chez moi. Je tourne la clé dans la serrure, et, comble du bonheur, je m'enferme dans ma grotte, seul. Je m'adosse contre la porte et ferme les yeux.

J'ai envie d'un whisky.

CHAPITRE III

Ah ! Vive les journées...

Cinq heures du matin. Putain de réveil ! Je m'assois sur le bord du lit, péniblement. J'ai la bouche pâteuse, j'ai mal dormi. Je passe les doigts dans les cheveux en grimaçant.

Changement de planning de dernière minute, un de plus. J'aurai une prime de dépannage de quinze euros. Ça me fait de belles jambes. Dignes d'une majorette... poilues ! Bien sûr, et demain je repars de nuit. Oh ! Je me tire une balle dans la tête maintenant ou j'attends un peu ? C'est vous qui me dites là !

Et comme de bien entendu, ce sont toujours les mêmes poires qui dépannent. Eh bien mon vieux, il ne tient qu'à toi de ne plus accepter, fais comme les collègues. Ils ne s'en portent pas plus mal, et tu n'es pas plus payé pour autant ni mieux considéré.

Allez, tu as bien refait le monde pendant dix secondes, il faut y aller. Douche, café pris sur le pouce, et en route. Je n'ai pas vraiment faim.

J'arrive sur site à six heures quarante-cinq et c'est déjà une vraie ruche. Tout le monde court dans tous les sens. C'est vrai que d'habitude je suis à moitié dans le gaz... dans le meilleur des cas.

— Salut quoi de neuf ?

— Bof rien comme d'hab.

— Super.

— Tiens t'es de journée toi ? Comment ça se fait ?

— Marco, il a pas de caisse. Il est en rade.

— Ah merde.

— Ouais.

— C'est toi demain ?

— Non, déconne pas.

— Ok ! Allez bye.

— Bonne nuit.

Je m'installe vite fait. J'ai décidé d'apporter ma cafetière, tant pis si ça ne plait pas. Je remplis la main courante pour ma prise de poste.

Il n'est pas l'heure réglementaire que déjà le premier transporteur se présente à moi. Il ne va pas falloir qu'il me stresse d'entrée de jeu ou je vais le calmer, le Gladiator. Bon, pièce d'identité – super je commence avec un Français ! – contrôle du véhicule s'il vous plait – parce que je suis poli. Dans l'absolu, il n'y a pas le choix – relevé de l'immatriculation, évidemment il fait nuit et c'est mal éclairé. Et c'est parti, les hostilités commencent, il grogne, je ne vais pas assez vite. Ben voyons, pour la peine je ralentis, faut que j'appelle le magasin moi, faut que je voie si je peux avoir un cariste (re-grogne! pas que ça à faire, j'ai de la route). Dommage, faut préparer le matériel de déchargement. Vous entrez dans quinze minutes. Ha? C'est la colère? Non mais dites donc! Quinze palettes, faut y mettre les formes Môssieur! Le cariste doit prendre des forces et boire son café d'abord! Ensuite, quand il sera bien concentré, il rappellera. Pour les réclamations, contactez les personnes concernées. Comme dit l'adage, il vaut mieux s'adresser au bon Dieu qu'à ses saints. Jusqu'à preuve du contraire, je n'en suis pas un.

Je hais bosser la journée. Il arrive vingt minutes avant l'ouverture et c'est à ce moment-là, tous les matins, qu'il décide d'aller boire son café! Et moi bien sûr, on me demande d'arrondir les angles, les gardiens ont bien suivi une formation de gestion des conflits il paraît non? Oui pour les calmer, pas pour les provoquer!

Bref, au bout dudit quart d'heure, j'obtiens la tant attendue permission de laisser entrer le semi-remorque qui démarre avant même que la barrière ait eu le temps de se lever complètement. Pour cette fois-ci on s'en sort bien, plus de peur que de mal.

La sonnerie de mon téléphone retentit. Le responsable sécurité veut savoir ce qu'il s'est passé. Après explications, il en déduit que je n'ai pas agi avec assez de professionnalisme. Sans blague! La prochaine fois, je t'appelle et tu bouges tes fesses de ton bureau au lieu d'attendre que la bataille soit terminée, bien au chaud. Facile de critiquer. Sauf que, si les gars faisaient leur boulot dans les temps, je n'aurais pas à déployer plus d'énergie à le faire à leur place, personne ne fait le mien, C.Q.F.D.!

Il est de mauvais poil, moi aussi. La journée commence bien.

Nouvelle sonnerie. « Faudrait faire votre boulot correctement les gars de la sécu » Quoi encore ? « Le bureau des prototypes n'est pas ouvert » Et merde ! C'est pas moi, je ne peux pas bouger pour l'instant ! Je vous laisse la clé, vous me la ramenez. Ah non ? C'est pas à vous de le faire ? Dans ce cas je ferme l'usine. Non plus ? J'appelle le grand chef Sécurité. Je fais quoi Chef ? Puisque je ne suis pas professionnel. À vous de décider. Je laisse tout ouvert ? Je ferme ? Je laisse la clé ? Je laisse ouvert et j'y vais ? Au trot ? Là je ris. Et c'est moi qui ne suis pas sérieux, j'aurais tout entendu. Quand les circonstances dérangent, il n'y a plus de logique.

Je prends le pass, je pique un sprint. Évidemment, la serrure bloque. Il faut prévenir les gars de la maintenance qu'ils fassent quelque chose, sinon on ne pourra plus ni ouvrir ni fermer. Je finis par réussir à la dégripper, et je repars, au même rythme.

À mon retour, essoufflé, trois express de messagerie attendent, ainsi que le directeur de l'usine. Pourquoi est-ce ouvert, et pourquoi étais-je absent ? Je lui ai poliment conseillé d'aller consulter son chef de service du bureau d'en face. Il n'a bien évidemment pas apprécié le ton de cette plaisanterie. Mon responsable d'agence sera informé de mon incivilité. Faites donc cher monsieur. Je vais aussi devoir rédiger un rapport circonstancié pour me disculper (mais de quoi diantre !). Il faudra bien sûr que j'en touche deux mots à mon cher collègue ce soir. Cela relève de sa responsabilité si j'en suis arrivé là, donc rendons à César ce qui lui appartient. Et César, parfois, il commence à me les hacher menu. Mais ce que j'aime par-dessus tout appliquer comme principe dans ce métier, c'est le transfert de responsabilité. Eh ! C'est pas moi qui l'ai dit ! C'est lui ! Donc, moi je fais ce qu'on me dit. Je ne suis coupable de rien du tout. S'il y a une boulette, ce n'est pas de mon ressort. Mon père m'a toujours dit que se mettre à réfléchir, c'est commencer à désobéir.

◆

Quinze heures. Enfin un peu de paix dans ce monde d'agités. Il ne me reste plus que quatre heures avant la fin de la galère. Le compte à rebours est lancé. Je vais définitivement être tranquille. Les messageries, les gros transporteurs sont passés. Peut-être un truc de dernière minute, et encore.

Je me cale dans le fond de mon siège avec un café. Je savoure ce moment de calme et de sérénité, le regard perdu au loin, la porte ouverte, imaginant une plage de sable blanc et une mer d'un bleu turquoise.

— Y'a vraiment des claques qui se perdent! Hein Léo! Ce n'est pas faute de l'avoir affiché.

Je sursaute à la réflexion du responsable Infrastructure. Que voulez-vous, ils ne doivent pas savoir lire, ces Français. Un superbe S.U.V. noir venait de se garer sur le parking réservé aux visiteurs, dans le mauvais sens, nez en avant, fatalement, juste sous le panneau indiquant le stationnement en marche arrière obligatoire.

Et si c'était la première fois... Bon, je m'avance, je prends mon air sérieux, forcément, je me plante devant la portière du côté du conducteur, qui n'est autre qu'une jolie brunette. Donc, UNE conductrice... Ma logique m'épate... Je vous rappelle que je suis un homme, et un vrai! Même si, réellement, les chevilles gonflent plus souvent qu'ailleurs.

Les vitres sont teintées, la demoiselle n'a pas remarqué ma présence. Je l'observe, les mains croisées dans le dos. Elle arbore des ongles manucurés, j'estime leur longueur à un centimètre, c'est un minimum, décorés de tout un tas de dessins, un vrai sapin de Noël. Chapeau bas à l'artiste. Elle jouait avec son téléphone portable. Pas facile avec des griffes pareilles, j'imagine un instant ses moments torrides, son mec doit aimer se faire lacérer. J'en ris intérieurement.

Le cellulaire dans la main gauche, elle pianote du plat de l'index droit pour rédiger un texto d'une lenteur impressionnante. Il ne faudrait surtout pas endommager ses œuvres d'art. Elle n'a toujours pas capté que je l'observe à proximité.

Je continue mon inspection, visant l'étage supérieur. Hormis le décolleté plongeant sur des airbags offrant un certain confort visuel (sont-ils naturels ?), il doit falloir un marteau piqueur pour casser, chaque soir, la couche de peinture relative à son ravalement de façade, sans compter les faux cils, excusez du peu. Aurais-je rencontré la mythique Barbie ?

Princesse Bimbo réalise subitement ma présence. Le balcon prédominant doit faire office de piste d'envol ou de trampoline. L'information, sortie de ses neurones, revient dans un flash, à l'endroit qui lui est prédestiné, tel un boomerang. La demoiselle, fort distinguée, baisse la vitre et me demande, cramponnant toujours son outil de communication, « Oui ? Puis-je vous aider ? » À ce moment-là, j'ai eu toutes les peines du monde à réfréner un éclat de rire monumental. « Bonjour Madame » Je reste poli et impassible. « Effectivement, je pense que vous pouvez me rendre un grand service » Son Altesse s'impatiente. « Il serait souhaitable, pour des raisons de sécurité, que vous changiez votre sens de stationnement, comme indiqué sur le panneau devant vous ». Panneau que je lui désigne d'un mouvement gracieux.

Elle daigne s'exécuter en soupirant, sensiblement agacée. La précieuse s'y prend à deux reprises pour enclencher la marche arrière du plat de la main sur le pommeau du levier de vitesse, recule, avance sur sa gauche. La poupée (gonflable ?) amorce enfin la manœuvre, à grand peine. Je comprends, avec toute la compassion dont je suis capable devant l'absurdité de cette situation, la raison pour laquelle elle a choisi la facilité de la première solution.

Elle réussit laborieusement à se positionner à peu près correctement dans son emplacement, après trois tentatives. Malgré tous ses efforts, elle n'a pas réussi à placer son véhicule droit. Miracle cependant, elle est dans ses marques.

Je pensais être au bout de mes surprises lorsque gente dame se décide à se glisser hors de l'habitacle, film au ralenti, d'abord une jambe, puis l'autre, telle une star. J'aurais dû étaler le tapis rouge. Tu manques à tes devoirs Léo. Ressaisis-toi ! Elle contourne le véhicule afin de récupérer plusieurs sacs.

Tout en grâce sur ses échasses, perchée, la fringante et pulpeuse visiteuse me lance un regard pour le moins exaspéré « quoi encore ? » « Contrôle de sacs avant l'entrée sur site » « N'importe quoi ! Que voulez-vous que j'aie là-dedans ! Mais bon si vous y tenez » Je jette un coup d'œil, prenant plaisir à la faire patienter, encore. Le personnage est si ravissant. « Merci Madame bonne journée »

Je la regarde s'éloigner, titubant, plantée sur ses talons aiguille de quinze centimètres. C'est solide ces trucs-là ? Il ne manquerait plus que ses airbags soient gonflés à l'hélium, une belle montgolfière s'élèverait gracieusement... Vraisemblablement à hauts cris, et battant des bras et des jambes, brassant du vent. Ses sous-vêtements doivent être aussi raffinés que la propriétaire semble mondaine et superficielle. Je suis mort de rire. Le parfum a une odeur agréable normalement non ? Parce que, dans le cas présent, au secours ! Elle a dû vider le flacon entier. Il fut un temps où les cosmétiques masquaient la crasse. Oh Léo, tu n'as pas honte ? La journée se termine bien tout compte fait. Chouette, plus que trois heures.

Dix-huit heures. Je me détends et commence à savourer avec bonheur la soirée qui s'annonce tranquille. Soixante minutes... Cinquante-cinq... Quand soudain... Ô rage! Ô désespoir! J'assiste à l'arrivée d'un bolide tonitruant stationné à nouveau dans le mauvais sens. Le pot d'échappement aurait bien besoin d'être changé. Tout bien réfléchi, c'est l'engin au complet qui semble au bout de sa vie. Bon! Allez bouge-toi, c'est la fin. Je m'approche, je m'attends à voir un jeune coq prétentieux affublé d'un « A » sur la vitre arrière, lorsqu'une dame d'un âge certain me toise d'un regard glacial.

— Bonjour Madame.

— Oui bonjour, vous désirez?

— Vous ne pouvez pas rester là Madame.

— Ah oui et pourquoi ça? J'ai travaillé ici quarante ans, je connais l'usine mieux que vous. Je sais ce que j'ai à faire.

— Certes, je n'en doute absolument pas Madame. Cependant, vous ne pouvez pas vous garer dans ce sens-là.

— Et pourquoi donc? Vous n'avez pas d'ordre à me donner, je fais ce que je veux ici. Savez-vous qui je suis au moins? À l'évidence, non. Dans ce cas, fichez-moi la paix. Je viens juste déposer un courrier, vous n'allez pas me faire suer pour cinq minutes tout de même, il ne manquerait plus que ça!

— Je ne doute pas de vos habitudes en ce lieu Madame, néanmoins, vous devrez vous garer en sens inverse comme l'indique le panneau juste devant vous, même si vous restez peu de temps. Ce sont les règles de sécurité à respecter aujourd'hui. Les temps changent.

La mégère lève la tête, remonte dans son carrosse, grinçant et gémissant, à l'allure décrépie, reflet fidèle de la propriétaire qui claque la portière après s'être installée. Par chance, rien ne s'écroule, la peinture doit être plus résistante, soutenant la tôle coûte que coûte. Je suis éberlué que le contrôle technique lui permette encore de rouler avec ce cercueil ambulant.

La boîte de vitesses craque, n'appréciant pas la précipitation et l'agacement de la conductrice qui doit s'y reprendre à deux reprises avant de l'enclencher. Elle réitère sa manœuvre, le bolide fume au coup d'accélérateur, et, enfin, se cale au bon emplacement, après un freinage final tout aussi énergique. Je crains que le pied ait traversé le plancher à force d'écraser la pédale.

— Me faire traiter de cette manière après quarante ans de boîte ! Vous entendrez parler de moi ! Je ne vais pas en rester là ! Vous me faites perdre mon temps. Sans votre stupidité, je serais déjà repartie.

— J'apprécie à sa juste valeur votre esprit de coopération et je vous en remercie chaleureusement. Je vous souhaite une excellente soirée Madame.

Voilà qui me remet en forme pour revenir chez moi. Je plains le pauvre homme qui partage sa vie. Honnêtement, j'ai bien eu envie de lui faire fermer son clapet. Une paire de claques, ça remet les idées en place. Reste courtois en toute circonstance Léo, ne l'oublie jamais.

Un aller et retour rapide à la boîte à lettres, elle radotait en s'agitant, me maudissant, grommelant tout en retournant à son véhicule. Je souriais à tant d'énervement. Les privilèges ont la vie dure. Je réfléchissais à ce visage qui ne m'était pas inconnu. En même temps, quarante ans de boîte... Peut-être...

Il y a des jours comme ceux-là où tout s'enchaîne, où les heures n'en finissent pas, trente minutes et basta, yes ! Je remets de l'ordre dans la cahute, rassemble mes effets personnels, et j'attends de pied ferme la relève. Je me sers le dernier café, pas question de laisser la machine aux autres. À la revoyure les gens, bientôt l'apéro !

CHAPITRE IV

Qui es-tu Léo ?

Neuf heures du matin. Il règne, en ce jour d'hiver, une agitation inhabituelle dans ce quartier résidentiel tranquille de petit bourg. Gyrophares, balisages, voitures de police, équipe scientifique.

La commissaire Claude GUÉRIN et son acolyte l'inspecteur ROBERT observent scrupuleusement cette scène de crime de plus. Pourquoi opèrent-ils donc toujours la nuit ? Ils n'ont aucune pitié. Bon, pour une fois, elle intervient à une heure décente. Elle en serait presque reconnaissante.

Cette victime-là, elle la connaît bien. Elle la côtoyait depuis des années. Mais ce matin, tout est différent.

Aujourd'hui, Mathilde ROUSSEAU, âgée de 68 ans, n'est plus. Elle ne la saluera plus de son balcon chaque jour en la voyant partir travailler. Elle ne lui portera plus sa fameuse brioche chaque dimanche en lui reprochant de trop s'épuiser. Mathilde a été découverte par un voisin, inquiet de ne pas voir ses volets ouverts, surtout de ne percevoir aucun mouvement à une heure déjà si avancée de la matinée pour elle. La solidarité existe parfois, il détenait un double de sa clé d'entrée. Il a ouvert, appelé, parcouru toutes les pièces de son petit appartement.

L'effroi ultime pour qui l'appréciait. Elle gisait, étouffée dans son lit, vraisemblablement à l'aide d'oreillers, à en croire le fouillis ambiant.

— Salut Doc, encore un meurtre bizarre. Qu'en pensez-vous ? Un lien avec le précédent ?

— Commissaire, pour l'instant rien ne relie ces deux victimes. Les modes opératoires sont totalement différents. Je vous tiens au courant au plus vite.

— C'est le voisin qui a prévenu ?

— Absolument.

— Allez ROBERT, on rentre. Je ne supporte plus d'être ici.

◆

— Vous avez de la matière grise ROBERT.

— Heu... Oui patron.

— Ce n'est pas une question. Donc, puisque, à l'évidence, vous avez une once de capacité d'intelligence et de réflexion, et qu'à l'évidence moi aussi, il va bien falloir démêler ce sac de nœuds. À votre avis, tueur en série, ou pas tueur en série ?

— Compliqué patron. En même temps, la série est courte. Les pratiques sont différentes. Il ne semble pas y avoir de mise en scène ni de scénario respectés. Pas de symbole de revendication quelconque non plus.

— Hum... On ne va pas attendre non plus d'avoir quinze victimes. Montrez-moi ce qu'on a.

Assise sur un coin de son bureau, Claude attend que l'inspecteur termine la présentation des quelques pièces mises à leur disposition. Elle observe les clichés des scènes de crimes punaisés sur un tableau de bois.

— Bien. La première victime, Gérard ANTOINE, homme d'une quarantaine d'années, agent de production. La seconde, Mathilde ROUSSEAU, une retraitée âgée selon le doc entre soixante-cinq et soixante-dix ans.

— Elle a soixante-huit ans.

— Vous la connaissez patron ?

— Mouais.

— Ah merde.

— Comme vous dites. Le pire va être de l'annoncer à la famille. Je ne sais même pas comment leur dire en fait.

— Attendez les conclusions de l'autopsie, vous aviserez.

— Trop long, il faut que j'y aille aujourd'hui. C'est parfois un métier de chien... Donc, quoi d'autre ?

— J'ai examiné les comptes bancaires et d'épargnes de la première victime, il s'en sortait plutôt bien, mais rien d'anormal, juste un bon gestionnaire. L'enquête de voisinage a démontré une tendance plutôt festive, bon vivant, il est célibataire.

— Son travail ?

— Pas encore d'info pour l'instant.

— Donc, on n'a rien. Pour Mathilde, il faut chercher. Je veux trouver le salopard qui lui a fait ça.

— Je m'y mets tout de suite.

— Enfin ROBERT, c'est tout de même curieux, j'ai étudié le rapport de la scientifique pour le premier meurtre. Fenêtre cassée sans trace, empreintes de pas inexploitables, aucune trace ADN nulle part. Vous ne trouvez pas ça étrange ?

— Vous pensez à quoi ?

— On n'a sans doute pas affaire à un débutant. C'est un personnage qui risque de nous balader un moment et qui sait brouiller les pistes. Pour moi, ce n'est pas un amateur. On verra les conclusions pour cette fois.

— Sauf que le temps était très humide pour le type, la terre trempée.

— Justement, les empreintes de chaussures auraient dû marquer quelque part au moins sur le perron ou dans la maison, et on n'a absolument rien. À l'extérieur, c'est comme si elles avaient été volontairement détruites, comme ratissées... Bien sûr, l'outil est introuvable. On sait juste qu'il n'y a pas de traces de lutte apparentes, mouais, ça ne pèse pas lourd, j'en conviens. Les victimes connaissaient l'agresseur ? Ou, juste que prises dans leur sommeil, elles ne se sont simplement rendu compte de rien, et n'ont donc pas pu réagir.

— Je vous tiens au courant.

— En attendant, je vais voir la famille de Mathilde, famille qui se résume à une fille unique. Sacrée corvée.

◆

Léonard

— Léo ! Réveille-toi Léo !

Je suffoque, je sens la terre s'ouvrir sous mon corps, je tombe dans le vide, je veux hurler et aucun son ne sort de ma gorge. Je survole une falaise en feu en contrebas. Le vent brûlant m'enveloppe dans une spirale furibonde, prend mon corps en otage. Tornade déchaînée tentant de m'entraîner dans les entrailles de la Terre. Les flammes de l'enfer ne m'auront pas encore, pas maintenant. Je réussis à me poser sur un rebord m'offrant une porte ouverte. Je m'engouffre dans cette issue improbable.

Je m'éveille en sursaut, je me débats, dégoulinant et haletant, ne sachant plus où je suis. Je porte les mains à ma gorge, sensation étrange de panique et d'étranglement. Maria est à côté de moi. « Léo ! Léo ! Tout va bien. Tu as encore fait un cauchemar ». Oui, sans doute un de plus. Elle me prend dans ses bras. Je finis par me calmer. Je la repousse calmement. « Ça va aller, je vais prendre une douche ».

Maria se désole de mon entêtement, se résigne, un peu. Je file dans la salle de bain et je me glisse sous le jet d'eau chaude et je reste là, immobile, à sentir ses bienfaits sur mon dos, les mains plaquées sur le mur. Je ferme les yeux.

Ce n'est qu'un cauchemar de plus. Ça va passer. Bien sûr. Ça passe toujours, jusqu'au prochain, encore plus fort... Je me savonne rapidement, je me rince et j'enfile un peignoir.

Je me tourne machinalement vers le miroir au-dessus du lavabo, laçant la ceinture. J'essuie vaguement la condensation qui recouvre la vitre. Je m'approche de ce visage que je ne reconnais pas. Je passe une main sur une barbe de trois jours. Grimaçant, je plonge mon regard dans celui de mon clone en face de moi.

Avec mes yeux injectés de sang et mes cheveux coupés en brosse, j'ai l'air d'un bagnard évadé de Cayenne[3]. Je me dis que ma place serait toute trouvée sur l'île du diable, avec ce nom prédestiné et ce fichu démon qui m'habite. Ce serait un juste retour aux sources.

Qui es-tu ? Que me veux-tu ? Qu'as-tu fait de Léonard, le vrai, celui qui n'avait peur de rien, le fonceur, le *Warrior*, le guerrier ? Tu vieillis Léo, je n'aime pas ta trogne. Sérieux, qu'est-ce que tu vois là ? Regarde ta gueule. Tes yeux puent l'alcool, les fantômes et les somnifères. Combien tu en as pris hier soir, t'as plus vingt ans hein ? Fais gaffe. La faucheuse pourrait bien passer plus tôt que prévu. C'est quoi le délai au fait hein ? Quel est l'ultimatum ? Combien de temps me reste-t-il à vivre dans ce purgatoire ? Saint-Pierre, qu'attends-tu pour m'ouvrir tes bras ?

Ne crois-tu pas que la mise à l'épreuve, ici-bas, n'a que trop duré ?

Bon Dieu arrête tes conneries, je fais couler l'eau froide et m'en asperge le visage. J'attrape une serviette à la volée et je m'essuie rapidement. La plus belle femme du monde m'attend avec des yeux merveilleux. Bette Davies peut s'accrocher.

Il flotte dans l'air une appétissante odeur de café et de pain grillé. J'ai même droit au jus d'orange. Je suis gâté. Elle sourit.

— Tu en as mis du temps. Tu veux en parler ?

— De quoi ?

— De ton cauchemar.

— Quoi mon cauchemar ! Je bois mon café !

— Il va quand même bien falloir que tu en parles un jour avant de péter les plombs pour de bon.

— Mais arrête un peu. Je vais bien là, non ?

— Mouais. Tu ne veux rien entendre comme d'habitude. Une vraie tête de mule. Même mes chiens en disent plus long que toi, rien qu'avec leurs yeux. Je dois aller bosser, je ne sais pas à quelle heure je termine ce soir, tu veux que je revienne ?

— Je ne veux rien. Je ne sais pas, fais comme tu le sens.

Super, cache ta joie bonhomme. Elle va finir par te filer entre les doigts si tu ne fais pas mieux. Depuis le temps que tu veux lui parler, tu n'auras pas à le faire. Ah ! Le courage des mecs ! Dis lui que tu as besoin d'elle. À quoi bon. « Tu viens quand tu veux, tu le sais. Je n'exige rien. De toute façon, tu as la clé. C'est toi qui décides. » C'est mieux là ?

« Bon je verrai, bonne journée, prends soin de toi » Voilà, vois ma belle. Elle est partie, je me retrouve seul. Je monte m'habiller, j'ai envie de prendre l'air, dès le matin.

Mes nuits sont de plus en plus agitées, cela m'obsède, mon esprit est possédé, chaque fois un peu plus. Que pourrais-je lui dire ? Que je ne sais plus parfois faire la part du réel et de l'imaginaire, que je ne sais plus si je rêve ou si j'ai déjà vécu le film qui tourne dans ma tête ?

Comment lui dire que je revis sans cesse la nuit où j'ai vu ma mère se faire tuer alors que je n'avais que dix ans. Que c'est pour cela que j'ai voulu devenir flic et que c'est à cause de cela que je ne le suis plus aujourd'hui, pour avoir répondu trop tard à l'appel de détresse d'une autre mère.

Comment lui dire que je ne sais pas où je me sens bien ni avec qui ? Ce que je sais, c'est que je ne me supporte plus, mais que je n'ai pas le courage de faire éclater le masque qui me protège, ni le courage de résoudre radicalement la situation.

À quoi bon l'inquiéter. Tout va bien. Le soleil se lève et je reprends le cours de ma vie. Un bol d'air me fera du bien.

Comment va cette chère Claudie... Après tout, elle avait peut-être raison, j'aurais dû consulter quand j'étais à la brigade. Oui, peut-être...

Mais qu'est-ce que ça aurait changé ? Je ne suis pas persuadé que je serais capable d'être heureux. Quelle en est la définition ? C'est quoi, être heureux ?

CHAPITRE V

Sheetah ou Icare[4] ?

Léonard

Semaine de merde. Je viens de me taper trois nuits. Et rebelote, je dois repartir de journée après seulement quarante-huit heures de coupure. Franchement, pourquoi ne suis-je pas resté chez les flics. Oui, eh bien on se console comme on peut. L'herbe est toujours plus verte ailleurs. Et, comme on dit, on sait ce qu'on quitte...

Cinq heures du matin. J'assomme le réveil qui a juste le tort de se mettre à sonner parce que je le lui ai demandé. Comme si ce n'était pas suffisant, l'alarme de mon téléphone portable s'y met aussi. Peur de me louper, peur de ne pas entendre, de ne pas me réveiller. Je sens que la journée va être longue. Il ne faudra pas venir me chauffer.

Une douche, j'enfile à la hâte mon uniforme et avale rapidement un café, le premier d'une longue série, je balance mon barda dans le coffre de mon tas de tôle et démarre. Génial, le chauffage ne fonctionne plus, je vais me les cailler tout le long de la route. Le thermomètre extérieur m'indique moins quarante degrés Celsius. Il va vraiment falloir que j'investisse.

Ouais, un jour peut-être. Quand j'aurai gagné le pactole. Patron, j'ai besoin d'une rallonge de toute urgence. Je ris intérieurement à sa tête si je lui balance ça. Je vais me faire jeter, c'est sûr.

J'arrive sur site à moitié pétrifié. Après tout, le froid conserve paraît-il. Mais bon, faut pas pousser mémé. Prise de consignes. Salut ça va ? Ouais. Ok. Banalités. Super. Toujours les mêmes problèmes de charge avec le P.T.I., mais tout le monde s'en fout royalement. Le problème est juste apparu il y a un mois. Surtout, appelez-nous si vous n'avez besoin de rien. On est là pour vous.

Je pose mon matériel dans la cahute, effectue ma prise de poste. J'ai le temps d'aller me chercher un deuxième café et récupérer de l'eau pour ma propre cafetière. Il faut prévoir des forces pour la journée.

La matinée commence sur les chapeaux de roue dès sept heures. Mais qu'est-ce qu'ils ont tous dès le matin. Je n'ai même pas le temps de me réveiller tranquillement.

J'avance en automate. Sans grande conviction. Bonjour Monsieur, Au revoir Monsieur. Pièce d'identité s'il vous plait, et blablabla. Humeur d'ours mal léché paraît-il. Léo, sois plus aimable. Ouais, si je veux ! Je ne suis pas hôtesse d'accueil, je suis agent de sécurité, il ne faudrait pas non plus que je fasse risette toute la journée !

Bref, je navigue au radar, j'avance en plein brouillard. Je ne sais plus ce que je fais là.

C'est une folie sans nom. La ruée vers le quai de déchargement. Les transporteurs se suivent à la chaîne. C'est à qui grogne pour ses heures, c'est à qui grogne parce qu'il a de la route qui l'attend, que la journée n'est pas terminée.

J'appelle les caristes. Ils sont débordés. Ils se noient d'ordinaire dans un verre d'eau, alors là, pensez donc, pas non plus le temps de prendre un café. Ah ouais! Ils font durer. Des semi-remorques pleines à craquer, forcément, ça demande du temps. Les livreurs de messagerie express s'énervent. On est optimisé, on ne peut pas attendre.

Bref, ils passent entre deux bahuts. Ça hurle tous azimuts. Il faut calmer les ardeurs, tout le monde perd patience. Même moi. Mais moi, je dois gérer, entre le contrôle des véhicules, les appels au magasin, les demandes de confirmation à la sécurité de site, les pièces d'identité non conformes. C'est vraiment une journée de merde.

AC/DC en personne se pointe, bille en tête, pied au plancher, à la limite d'éclater la barrière. Je sens que je vais m'amuser un peu. Ah merde! Ce n'est pas un Français. Hi! Ouais salut mec! Ben déjà tu arrêtes ton truc, qu'on puisse s'entendre un peu hein, et tu coupes le moteur. Quoi? Tu ne comprends pas? Stop music et stop truck[5] OK?

Le mec, une bonne cinquantaine, cheveux longs filasse, tourne la clé de contact et attend en me regardant d'un air hagard. En plus il se fout de moi. Il me tend ses bons de livraison. J'en ai rien à faire. Ce n'est pas mon problème. Tu descends et tu m'ouvres les portes. Contrôle.

Ah, il a compris. Yes! Passeport, j'appelle le magasin qui le laisse entrer. C'est quoi ses palettes? Oh! C'est pas mon job, c'est le tien, qu'est-ce que j'en sais moi. T'es en rogne? Appelle ton chef! Le chauffeur? Pas français! Le bon de livraison? Pas français non plus. Je lui donne le nom du transporteur. Ah! Fallait peut-être commencer par là. Tout est en ordre. Mais… Un truc me dérange… Un pressentiment… Un je ne sais quoi qui me laisse sceptique… Le hard rockeur de bazar s'impatiente.

Je demande l'autorisation de jeter un œil dans la cabine et je fais ouvrir la portière. Le chauffeur s'agace, s'agite. Son attitude me conforte dans mes doutes. Ouvre ta porte, de toute façon, tu n'entreras pas tant que je n'aurai pas vu ce qu'il y a là-dedans. C'est privé... Pas le droit... Ici aussi, c'est un site privé. Pas question de laisser entrer n'importe qui ou n'importe quoi... Tu ne veux toujours pas comprendre ? OK ! *Open the door now*[6] !

À ma grande surprise, je suis accueilli par les babines retroussées d'un fauve prêt à me sauter à la gorge. J'ai un mouvement de recul. L'autre jubile.

AC/DC, il ne rentre pas. Pourquoi ? Sans blague, il a un clébard dans le camion, j'ai failli me faire bouffer. Ce n'est pas un chenil ici. Il ne faut pas qu'il aille au magasin. Ouais et j'en fais quoi ? Il le laisse dehors ou il n'entre pas. Super ! Et où dehors ? Vers moi ? Non mais les esgourdes, ça se débouche. Hors de question.

Forcément, il refuse de l'attacher à l'extérieur. Ah tiens ! Il lâche un truc du genre « connard », c'est pour moi ça ? Il parle français subitement ! Allo le magasin ? Bon il ne rentre pas le rockeur, on fait quoi ? Hein ? Vous le déchargez dehors ? Ça va être le binz ! C'est urgent ? La sécu ? Je le mets en position ? On va se marrer ! Je m'en lave les mains. Super, je fais la circulation pendant la manœuvre. Celui-là, je vais l'avoir dans le collimateur.

Je mets en place le balisage. Personne n'entre, personne ne sort. C'est la fête.

— Mais j'hallucine, c'est mon pote Léo ! Mais qu'est-ce que tu fous là ?

— Hein ?

— Ben Léo, tu ne reconnais pas tes amis ? C'est pas bien ça.

— Nom de Dieu, il ne manquait plus que toi à ma journée !

— T'es sorti du circuit mon pote ? Je me disais aussi, je le vois plus, peut-être qu'il est mort le poulet. Ouais, ou peut-être pas ! Eh ! Je suis super content de te revoir. Tu as presque fini par me manquer. Ça te gêne que je sois là ? Faut pas mon pote. Sérieux ça fait un bail !

— Sans blague, arrête ton baratin. Comment va ta petite entreprise ?

— Des hauts, des bas, mais là plutôt des hauts.

— Tu pues le chichon, le rasta.

— T'as pas toujours dit ça. Je dirais même qu'à une certaine époque, tu aimais ça et ça arrangeait bien tes affaires.

— Bon, tu m'emmerdes, qu'est-ce que tu veux ?

— No stress man ! Comme tu vois, je bosse aussi.

— Me fais pas rire, j'ai les lèvres gercées. Je te connais par cœur, pas à moi tu veux ? Tu fous pas la rame, arrête tes conneries. Tu passes ton temps dans la magouille.

— Mouais... Un petit express de temps en temps, histoire de...

— Y a de l'attente, vise le semi.

— He ! Cool mec ! Pense à ton petit cœur, là ! Tu le fais souffrir. Tu vas faire une attaque. Regarde-moi. Zen... Y.O.L.O.[7] *You Only Live Once*! Profite Man ! Quoi, Tu comprends pas ? Faut sortir un peu là. Tu ne vis qu'une fois mec, alors vis à fond. Et ça n'a pas l'air d'être ton cas. Pas grave, ça se soigne. Je peux encore te donner ce qu'il te faut. Salut, à dans une heure. Ou demain, je ne sais pas. Je vais réfléchir !

— C'est ça réfléchis... Ne te presse surtout pas. Il n'y a pas d'urgence.

Non content de m'avoir pris pour une burne, il risque d'attirer l'attention du personnel du site. J'ai toujours réussi à m'en sortir sans égratignure. Il ne va pas tout faire foirer maintenant. Il s'éloigne d'un signe de la main en ricanant. Le rasta, drôle d'oiseau, perché à ses heures sur une autre planète, parfois extrêmement lointaine. Le passé m'a rattrapé, il n'y a décidément pas moyen d'y réchapper. Il va falloir l'affronter. Un fantôme de plus.

Enfouis au plus profond de moi, ces épisodes maussades d'une certaine période de ma vie refont furtivement surface. Malgré l'envie d'oublier, l'envie de légèreté tout aussi illusoire qu'éphémère, mon pote le Rasta était toujours présent. Tout comme ce fameux soir où je suis arrivé trop tard, c'est un fâcheux concours de circonstances. Oui, si on veut. Je n'étais juste pas vraiment seul. J'ai failli. Je ne pourrai jamais plus refaire l'histoire. Un enfant est devenu orphelin, définitivement.

Pourquoi es-tu revenu le Rasta ? J'étais tranquille sans toi. Je secoue la tête, il faut que je réagisse... Du nerf mon gars, du nerf que diable ! Ne te laisse pas envahir par cette sensation étrange qui te mène aux doutes.

Je m'accorde une minute, le temps de griller enfin une clope, la première depuis deux heures de folie. Le rockeur ne décolère pas. Il finira bien par s'en remettre. Je vois la gueule du fauve à travers la vitre de la portière côté passager. Et dire qu'il fallait que je le garde dans la cabane pourrie et me faire bouffer. Sans blague ! Ce n'est pas marqué « Hot Dog » sur ma tronche ! Je fais chauffer la cafetière pour la énième fois de la journée. Dites-moi que ce rythme va se calmer, dites-moi que plus rien ne se passera.

Je m'installe confortablement au fond du seul siège à peu près digne de ce nom mis à notre disposition dans cet algéco branlant, en complément du banc séculaire. Je ferme les yeux et je m'autorise à rêver à d'autres cieux. Mon repos est de courte durée. Enfin, je crois. Ai-je dormi ? Le bahut redémarre dans un grondement de tonnerre, faisant trembler les frêles parois de notre abri de fortune.

Il s'avance dans ma direction avec précaution, le temps d'effectuer sa manœuvre de départ. Je dois reconnaitre que dompter ces engins-là, c'est un métier. AC/DC me regarde, je le regarde, il me sourit, je le fixe, jusqu'au moment où j'aperçois un rictus au coin de ses lèvres accompagnant un geste malencontreux de son poing droit levé, tous ses doigts serrés, à l'exception de son majeur bien dressé à mon intention.

Mon sang ne fait qu'un tour. C'est la provocation de trop, l'insulte ultime devenue inacceptable. Je me lève d'un bon, bien décidé à lui faire la peau. Mon fauteuil se transforme subitement en siège éjectable. Et, comme l'image au ralenti d'un mauvais film de série B, je m'étale comme un imbécile, telle une crêpe, sur l'asphalte. Splatch ! Le chauffeur de la semi-remorque, quant à lui, n'a arrêté sa course qu'à quelques mètres de là, pour sa pause quotidienne réglementaire. Bref, je vais donc devoir supporter sa présence sous mes yeux, son regard lubrique et son chien hargneux, jusqu'à mon départ.

J'entends les ricanements des caristes. « Alors Léo, t'as pas appris à voler ? » Je suis l'attraction du moment. Je suis le clown de service. J'imagine le rockeur mort de rire de son côté. J'ai la honte de ma vie, je suis furieux et vexé comme jamais je ne l'ai été. Merde, mon orgueil en a pris pour son grade ! Ma mâchoire crispée est à la limite d'exploser.

Je me relève péniblement. Je reprends mes esprits. Je suis d'une humeur du diable. Dans ma colère, j'ai juste oublié l'existence d'une marche haute de cinquante centimètres que j'aurais volontiers éclatée à coup de masse en remontant. Il faut bien trouver un responsable.

Il est l'heure de l'envolée de moineaux, l'heure du lâcher de fauves. La nouvelle de ma prouesse s'est répandue comme une trainée de poudre. N'allumez pas la mèche, car c'est moi qui initie le feu d'artifice. J'en vois qui ricanent dans leur caisse. Bon ça va, vous m'avez assez vu ! Je ne suis pas une bête de zoo. Les cacahuètes, c'est pour plus tard ! Tirez-vous. Je bloque la barrière en position d'ouverture. Seize heures trente, bientôt la liberté.

Encore une fois, Sheetah le chimpanzé a vécu un grand moment de solitude. Tarzan n'est pas venu à son secours. Le grand chef sécurité, lui d'ordinaire si réactif et si prompt aux directives, ne s'est pas manifesté. « Ça va Léo ? » Ah ouais, il est temps, une heure après. Mais bon j'admets, je ne fais pas partie des priorités. Et puis je suis debout, il n'y a pas mort d'homme.

Il veut que je fasse une déclaration d'accident. Il faut soulager sa conscience. Forcément, les bonnes procédures à respecter. Je rédige un rapport circonstancié pour expliquer ma chute. Je suis sorti trop vite et je n'ai pas pensé à la marche trop haute, j'étais dans l'urgence !

Ben quoi ! Faut ce qu'il faut. Agression, incivilité caractérisée et insultes de la part d'un transporteur. Il m'a manqué de respect. État de légitime défense. Je ris. Tu parles, je vais me faire jeter. La légitime défense est reconnue si la réplique est proportionnelle à l'intensité de l'attaque... Je ris de plus belle. Mais surtout ne pas répondre à la provocation. Gérer le conflit. Ne pas le provoquer, ni l'amplifier.

En conclusion, je vais me faire passer une fois de plus pour le couillon de service, je n'ai pas pensé à la hauteur de la marche, et je me suis affalé.

Cette anomalie est signalée depuis six mois... Une parmi tant d'autres. Je ne manque pas de le préciser.

La relève arrive. C'est le meilleur moment de la journée. Enfin une bonne nouvelle. Je suis extatique. Je transmets les consignes vite fait.

— Salut, quoi de neuf ? C'est quoi ce camion ?

— C'est un camion !

— T'as le sens de l'humour toi.

— C'est un emmerdeur. Il est là depuis cet après-midi. Il a un clebs dans la cabine. T'approche pas, il va te bouffer, c'est un taré ce mec, et le chien avec.

— Ok... Avec ça ?

— RAS. Je me casse.

Je rassemble mon paquetage, et salut la compagnie.

Je hais les journées... Définitivement ! J'ai bien mérité un whisky.

CHAPITRE VI
Et de trois !

Trois heures du matin. Claude GUÉRIN et son équipe sont à pied d'œuvre sur une énième scène de crime, une aire de repos pour véhicules poids lourd à quelques mètres seulement d'un site industriel. Une nuit d'hiver qu'elle n'oubliera pas. Une vision absolument lunaire et improbable.

La brigade de gendarmerie locale est déjà sur place et a balisé le périmètre, alertée simultanément avec le centre de secours proche par l'agent de sécurité au poste de garde de l'usine à proximité. Des projecteurs éblouissent dans la noirceur de la nuit froide. Le directeur du site a également fait le déplacement et s'entretient avec les militaires. Les consignes ont été données à l'agent de sécurité pour le filtrage à l'ouverture et les contrôles d'usage.

Les services vétérinaires s'affairent également avec la plus grande méticulosité.

La commissaire GUÉRIN se glisse sous la rubalise jaune à inscriptions noires, bien reconnaissable, de la police scientifique, arborant sa carte tricolore de la Maison France à bout de bras.

L'officier de la maréchaussée lui transmet les premières constatations, lui fait un résumé précis des circonstances dans lesquelles ils ont été amenés à intervenir. Un animal serait également touché. Puis il cède son tour, non sans soulagement. Il rejoint ses hommes qui ont mis en place un barrage routier à leur arrivée. L'heure de la reprise d'activité des équipes du matin approche.

Claude découvre peu à peu le spectacle de désolation qui s'offre à ses yeux. La nuit, froide, devient glaciale. Un homme est allongé au sol, baignant dans une mare de sang, près d'une semi-remorque, portière côté passager de la cabine ouverte, et, quelques mètres plus loin, un chien, une seringue plantée dans le cou, lui-même au sol.

— Salut doc, encore une sale affaire on dirait.

— Bonsoir commissaire. À première vue, la victime, un homme de type européen d'une cinquantaine d'années, tué d'une balle dans la tête. Le chien est vivant, il a juste été endormi à l'aide d'une seringue hypodermique. Une canule avec ardillon a été retrouvée. Il a dû avoir une sacré dose. Les services vétérinaires vont l'examiner et se renseigner pour le produit injecté. Je vous ferai part de mes conclusions au plus vite. Ce que je peux vous dire, c'est que l'agresseur savait où viser, ce n'est pas un débutant. Il a fait mouche au premier coup, dans les deux cas.

— L'arme du crime ?

— Rien pour l'instant. La scientifique fouille. Rien non plus pour le fusil hypodermique.

— Encore une qui va être serrée. Il est où le vigile ?

— Dans l'algéco là-bas.

— Ok. Robert! On va trainer nos guêtres par là-bas!

— Commissaire GUÉRIN et Inspecteur ROBERT, on aurait quelques questions à vous poser. Vous pouvez nous dire ce qui s'est passé?

— Je rentrais de ronde. Je regardais du côté du camion, comme ça. Les chauffeurs dorment mais il y a des rôdeurs, alors on surveille de temps en temps. Sauf que là il est sorti, le chien aboyait. Je me suis avancé aussi, par curiosité. Y'avait pas moyen de le calmer. Il était comme hystérique. Et d'un coup plus rien. Le chauffeur s'est mis à gueuler et à s'agiter, je comprenais rien moi, il ne parlait pas français. Et j'ai entendu une détonation. Et là pour le coup plus rien du tout.

— Et alors? Vous êtes allé voir?

— Certainement pas. Suis pas suicidaire moi. Je ne savais pas ce que c'était que ce bruit-là. J'ai appelé la cavalerie. Et quand ils m'ont dit qu'il y avait eu un massacre, j'ai appelé le dirlo de la boîte.

— Vous êtes certain de n'avoir entendu qu'un seul coup de feu?

— Absolument. Je suis formel. Sur le moment, j'ai d'abord pensé à un accident à l'usine. Mais la nuit, c'est vide. Ça ne bosse pas.

— Vos caméras, elles vont loin?

— Faut voir ça avec le Grand Chef, il est encore là. Moi, je décide pas. Faudra déposer une demande de réquisition pour les vidéos.

— Ok. Merci, bonne fin de nuit à vous.

— Pas de quoi.

Les enquêteurs s'éloignent, se frottant les mains et frissonnant de froid et de fatigue. Claude, pensive, laisse libre cours à ses réflexions.

— Le chien a senti la présence de l'agresseur qui avait prévu le coup. Cette attaque était préméditée ROBERT. Tout était organisé. Je ne vois pas un agresseur lambda se trimbaler avec ce genre de matériel vétérinaire sous le bras.

— Logique patron, mais pour quel mobile ? Ils se connaissaient ces deux-là ?

— Règlement de compte ? Trafic quelconque ? Il faudra passer le bahut au peigne fin. Voyez la scientifique pour toutes les modalités. Il est important de retrouver tout cet attirail et l'arme du crime. On a déjà une seringue et une canule à ardillon. Bon Dieu, rien que le mot, ça me fout la chair de poule ! Après analyse, on verra ce qu'il en est. On se voit plus tard.

— OK patron. Huit heures comme d'hab ? J'apporte les croissants.

— Je vous ai déjà dit que vous étiez un amour ?

— Pas assez !

— Vous en prendriez l'habitude.

— Ben quoi, vous manquez d'humour patron.

— Surtout à quatre heures du matin, dehors, en plein hiver quand je me gèle ! À plus !

Elle adresse un signe de main rapide puis elle se dirige vers son véhicule et repart avec un plaisir non dissimulé, salue les militaires en poste, et fonce droit en direction de la volupté et du confort d'une couette bien chaude.

◆

Léonard

Je me laisse bercer, porté en douceur dans un liquide chaud et doux. Je flotte dans une sensation de calme et de plénitude rarement égalée. Je suis redevenu fœtus dans la matrice originelle. Je flotte... Je flotte...

Soudain, un impact, une brûlure. Mais que se passe-t-il ? Je m'agite. Je sens une aiguille s'enfoncer dans mon cou, une douleur atroce qui me fait hurler.

J'avale ce liquide visqueux qui pénètre par tous les pores de mon corps. J'étouffe, je ne sais plus où je suis... Plus je hurle et plus je suffoque. Je me noie, ce liquide colle et imprègne mes sens au plus profond de moi, soudain je comprends. Du sang, je nage dans le sang... Au secours !

— Léo ! Léo ! Mon Dieu Léo ! Réveille-toi !

Je sursaute, je suis paniqué. Je ne reconnais pas la femme allongée à mes côtés. Je ne reconnais pas non plus l'endroit où je me trouve. Je suis en pleine démence. Mon esprit est englué. Je l'évince d'un geste brusque du bras et je pars en courant m'enfermer dans la salle de bains.

J'ai chaud, je ne respire toujours pas normalement. Je ruisselle. J'observe le mec qui me regarde dans le miroir. Il veut ma mort. C'est certain. Regarde-le. Ta tronche le fait rire. Il faut que je le bute. Vas-y Léo. Vas-y COGNE !

— LÉO !

Maria se précipite dans la salle de bains au bruit d'un choc terrible accompagné de celui du verre brisé qui éclate au sol, d'un hurlement de bête traquée.

Lorsqu'elle ouvre la porte, son compagnon gît sur le carrelage, secoué de sanglots, la main droite en sang. Il n'a de cesse de répéter « Pardon, pardon, pardon ».

Elle essuie doucement son visage, prend soin de sa main blessée. La chirurgie de ce style, elle a l'habitude. Elle lui parle, longuement, tendrement, tente de le rassurer.

Puis ils sortent ensemble de la pièce. Il faudra qu'un jour il lui explique sérieusement l'origine de ces cauchemars. Il faudra qu'un jour, elle fasse partie aussi de cette vie-là.

◆

Le refuge se passerait bien d'elle cet après-midi. Maria prend l'initiative de faire un petit détour du côté du commissariat. Il devient impératif qu'elle ait une petite discussion avec Claude GUÉRIN.

Tant pis pour les conséquences. Elle sait qu'elle ne serait sans doute pas forcément la bienvenue, mais après tout, ce n'est pas elle qui avait choisi une autre route.

Comment allait-elle aborder la question, et puis, la commissaire avait-elle toujours des contacts avec Léo ?

Sans doute que oui, soyons réalistes. Claude en savait vraisemblablement plus qu'elle. Devait-elle en être jalouse ? Tout dépendra de ce qu'elle ignore. Et puis à quoi bon...

Elle marque une courte pause devant la porte du commissariat, prend une inspiration, puis entre. Elle avait oublié à quel point cet endroit ressemblait à une ruche en pleine effervescence.

— Maria ! Quelle surprise !

— Bonjour Claude.

— De toute évidence, tu ne viens pas à titre professionnel.

— J'ai besoin de te parler de Léo.

— C'est votre vie maintenant.

— Rien à voir avec notre vie privée, il m'inquiète vraiment.

— Bon, viens deux minutes.

Les deux femmes s'installent dans le bureau officiel, à l'abri des regards et des oreilles indiscrets.

— Tu veux un café ? Un verre d'eau ? Ou d'autre chose ?

— Non merci.

— Installe-toi.

Maria prend place sur le siège face à l'officier.

— Bon, qu'est-ce qui se passe avec Léo ?

— Il fait des cauchemars de plus en plus violents.

— Et ?

— Ce matin, il a défoncé le miroir de la salle de bain d'un coup de poing, il était complètement perdu, comme déconnecté.

— Je lui dis d'aller consulter depuis des années. Que veux-tu que je fasse de plus ?

— Que tu m'aides à comprendre. Il avait déjà ce genre de trouble quand vous étiez ensemble ?

— Ça date ces problèmes-là.

— Loin ?

— Gamin. C'est à cause de ça qu'il a voulu partir. Votre rencontre n'a été que le prétexte bien trouvé.

— Vous avez bien un psy ici.

— Si seulement ! Non, il aurait fallu une consultation en cabinet libéral. Dans tous les cas, il ne veut pas en entendre parler, tu le sais bien.

— Il s'est justifié en disant que de changer de travail l'aiderait à être plus calme. Mais plus ça va, plus ça empire, il dort de moins en moins. Il s'abrutit avec des somnifères. Il a un rythme infernal. Et l'alcool, je n'en parle même pas.

— La fuite, ça a toujours été son truc.

— Il s'est passé quoi quand il était gamin ?

— Que veux-tu que ça change aujourd'hui ? C'est plutôt à lui de le dire tu ne crois pas ?

— Mais comment je dois l'aider, moi, si personne ne me dit jamais rien ?

— C'est à lui de te le dire... Il se noie dans le travail pour oublier. Déjà là, il s'oubliait... Il NOUS oubliait... Ne te mets pas la rate au court-bouillon. N'insiste pas. Encore une fois, c'est votre vie maintenant. Mais si tu veux un conseil, ne ruine pas ta santé pour lui. Tes chiens te le rendront bien plus qu'une tête de pioche comme Léo. À force de vouloir donner de sa personne pour aider les gens qui ne veulent pas se sortir la tête de l'eau, on finit par se noyer soi-même.

— C'est moi que ça regarde.

— Tu l'aimes à ce point ?

— Suffisamment pour refuser de le voir se détruire. Il y a sûrement du bon en lui hein ?

— Mouais. Alors bon courage. Je ne te raccompagne pas. Tu connais le chemin.

Maria reprend le chemin du retour, dubitative. Du visage de Mister Hyde aujourd'hui, elle finirait bien par découvrir celui de Léonard le Conquérant comme il aimait à le dire, le guerrier qu'elle affectionnait par-dessus tout.

◆

Maria ouvre la porte d'entrée sans faire de bruit, et pose son sac sur la table de la cuisine. Elle retire son manteau qu'elle pend à la patère à côté d'elle, puis décide de remplir la bouilloire d'eau afin de se préparer un thé.

Léo fait une sieste à l'étage. Elle ne veut pas le réveiller. Il a eu un gros choc la nuit dernière. Il a besoin de repos. L'eau frémissante provoque des remous, puis déclenche l'interrupteur de chauffe.

Elle verse le liquide bouillant dans un bol sur un sachet « thé vert – menthe » et laisse infuser. Elle le retire après quelques minutes, s'installe avec précaution sur le canapé, posant sa boisson sur la table basse.

— T'es là depuis quand ?

— Moi aussi je suis contente de te voir Léo.

— T'es là depuis quand ?

— Tout juste un petit quart d'heure. Tu viens t'asseoir ? Comment ça va ? Ta main ?

— Ça va… Ça tire un peu mais ça va… J'ai fait le con hein ?

— Faut racheter un miroir.

— Ouais… J'ai fait le con…

— …

— Tu fais la gueule ?

— Je devrais ?

— Je sais pas.

— Ça va durer encore longtemps ce silence Léo ?

— Quel silence ? De quoi tu parles ?

— Arrête tu veux ? Je suis allée parler à Claude aujourd'hui. Il serait grand temps que tu m'expliques.

— Mais de quoi tu te mêles ! Pourquoi t'es allée là-bas ?

— Parce que tu ne me dis rien et que j'ai le droit de savoir ce qui se passe dans ta vie pour que tu partes en vrille comme ça. Tu me dis que le travail te pèse, que tu fais trop d'heures, que tu ne dors pas assez, je l'entends tout cela. Mais il y a forcément autre chose.

— T'avais pas à aller la voir. Y'a rien à savoir, ça te regarde pas.

— Je pensais que je faisais partie de ta vie.

— Et alors ?

— Et alors ça me regarde !

— T'as pas à te mêler de ma vie, si ça te plait pas je te retiens pas !

— T'es sérieux là ?

— …

— Léo regarde-moi… Tu veux vraiment que je parte ?

— …

— Bien, dans ce cas je m'en vais.

— Attends… Je me suis emporté… Je suis crevé, je bosse trop, c'est vrai, j'y arrive plus, m'en veux pas.

— Sérieusement Léo, quand tu auras décidé d'affronter réellement tes problèmes, tu me feras signe. Le boulot est une chose, mais il n'y a pas que ça. Parle-moi de tes cauchemars, dis-moi ce qu'il y a dans ta tête. J'ai le droit de savoir.

— Pas maintenant.

— Tu sais, un animal ne parle pas, et pourtant j'arrive à comprendre comment le prendre quand ça ne va pas. Avec toi, je ne sais plus ce que je dois faire. Aide-moi Léo. Je te laisse. Désolée pour le thé, je l'ai pas bu.

— C'est grave ?

— À toi de voir.

— M'en veux pas Maria.

— Je ne t'en veux pas, c'est juste que je ne te comprends plus. Je vais finir par savoir, avec ou sans toi, mais ce sera plus simple avec toi. Tu bosses quand ?

— Demain soir. J'ai trois vacations.

— On se revoit pour le week-end alors si tu veux encore de moi. Prends soin de toi. Et pas de blague avec le miroir cassé.

— Non t'inquiète pas. Pourquoi tu t'accroches à moi comme ça ? Je n'ai rien à t'offrir, même pas une vie. Surtout pas une vie. Je ne suis qu'un boulet pour toi.

— Je ne sais pas, j'ai encore envie d'y croire. Et puis si tu ne m'aimes plus, moi, je t'aimerai pour deux.

— Mouais, c'est pas une bonne idée.

— On s'appelle ?

◆

Léonard

Je suis à nouveau seul face à moi-même, face à ma trogne d'enfoiré irrécupérable. Maria est partie. Je me dis que c'est vraiment mieux comme ça. Je deviens franchement infréquentable depuis un certain temps.

J'en crève tellement je l'aime que je préfère la voir partir. Je crois que j'en crèverais réellement si je lui faisais du mal. Alors je veux souffrir tout seul dans ma grotte.

Je m'assois sur le canapé. Son bol de thé est toujours sur la table basse. Il me nargue. « Parle-moi Léo ». Je le balaye d'un mouvement de rage du bras. Il se brise sur le carrelage. Bravo mon pote, Il était encore rempli. Ça aussi, elle te l'avait dit. Je vais chercher une serpillière pour éponger, une pelle pour ramasser les morceaux.

Jamais elle ne m'a affronté comme cela. Jamais elle ne m'a tenu tête. Personne n'a jamais osé le faire. Enfin si, mais d'habitude, je me barre. Je ricane en sourdine. Je n'allais pas me barrer de chez moi ! Alors c'est elle qui devait se tirer. Logique non ? Ouais, c'est ça. Logique.

Je regarde ma main machinalement. Elle m'a soigné comme un animal. Je dois en être un. Normal qu'une vétérinaire s'occupe de moi. Je dois être un chien comme un autre. En tout cas, j'en suis un avec elle.

Arrête tes conneries. T'es vraiment pas net mon pauvre gars. Et si tu allais consulter hein ? Peut-être qu'elles ont raison Claudie et Maria... Les deux femmes qui ont osé te rentrer dans le lard et que tu as laissées faire... Dans le fond, c'est peut-être que tu les as aimées, où que tu les aimes encore, à ta manière... Tu les vires avant qu'elles te jettent ? Ou avant qu'elles t'abandonnent, comme ta mère... Tu mords avant d'être mordu ? T'as la trouille c'est ça ? Ouais c'est ça, tu meurs de trouille en fait. Alors tu attaques, tu te dis que tu mènes la danse, que c'est toi qui as le dessus... Tu fais pitié là... En fait, c'est toi le coupable, c'est toi le fils indigne, c'est toi qui n'as pas su la protéger. Et ton père ? Toujours absent. Ouais, là c'est sûr que le toubib va te faire interner. C'est pas urgent.

Et maintenant je parle tout seul, comme si j'avais mon autre moi en face. C'est sûr qu'à imaginer la scène, je vais direct à l'hosto.

Allez, demain, je bosse. Je prépare le sac, les gamelles. Je dois avoir deux ou trois boîtes de conserve dans le placard. J'avale un whisky, ou deux, un cacheton, et au lit.

Demain est un autre jour.

CHAPITRE VII
Et si j'avais tué...

L'inspecteur ROBERT observe sa supérieure en silence depuis près de quinze minutes. Assise face au panneau d'affichage, les coudes sur le bureau, la tête dans les mains, elle réfléchissait.

Sourcils froncés, taciturne, immobile.

Elle a devant elle trois crimes, trois énigmes, à l'évidence, sans aucun lien : un ouvrier d'une quarantaine d'années, poignardé, une retraitée, étouffée avec deux oreillers, un chauffeur routier cinquantenaire, tué d'une balle dans la tête, et même pas de nationalité française.

Un point commun à tous, les crimes ont été commis dans leur sommeil, au beau milieu de la nuit. Deux d'entre eux sont survenus au domicile des victimes, dans leur lit. On peut dire quasiment pour les trois, une cabine de camion étant la deuxième demeure pour les chauffeurs effectuant la grand-route.

Mouais... Ça pèse pas lourd tout ça... L'agresseur ? Ce n'est même pas certain qu'il n'y en ait qu'un seul. Pas encore d'indices, si ce n'est qu'il ne semble pas en avoir laissé, un professionnel, un tireur averti qui a fait mouche direct selon le doc pour le dernier meurtre, confirmé par le vigile qui n'a entendu qu'une détonation. Mais aucune arme n'a été retrouvée pour l'instant. Le doc a peut-être raison... Mouais... Mal barré...

Mais alors où chercher ? Tueur à gages ? Qui a passé les contrats et pour quel motif ? Ça ne tient pas debout !

— Patron ? Tout va bien ?

— Faut me trouver un dénominateur commun entre ces trois-là ROBERT.

— On cherche patron.

— Eh bien creusez, allez plus loin.

— On attend d'un moment à l'autre les analyses vétérinaires.

— C'est un début. Le juge d'instruction me presse. Il veut des résultats ! Il veut surtout éviter que les médias se déchaînent et que ça tourne en panique générale. Les journaux parlent déjà d'un tueur en série. Il veut que je lui donne quoi là hein ? On n'a rien ! Pas le moindre point de départ. ROBERT, rappelez le véto tout de suite, il me faut les résultats maintenant. Qu'il se débrouille comme il veut.

— OK patron.

— Et le rapport de la scientifique, et de la balistique, en espérant qu'ils aient au moins trouvé une balle, une bricole de quelque chose.

— J'y vais patron. Je vous promets qu'on va y arriver.

— Dieu vous entende. Je n'y crois pas à celui-là. Mais si, pour une fois, il pouvait nous aider, ce ne serait pas de refus. La fille de Mathilde me pose des questions, veut savoir... Et moi... Je reste impuissante. Y a vraiment de l'injustice dans ce bas monde. Et il y a des fois où je hais ce métier. Allez, au boulot ! Ce n'est pas en pleurnichant qu'on fera avancer les choses.

Claude GUÉRIN plaque ses mains sur le bord de son bureau, exerce une pression afin de faire reculer son fauteuil, puis elle se lève elle se dirige vers la cafétéria. Elle a envie d'un café noir bien serré, toujours sans sucre.

Elle a besoin de réfléchir. De faire le point. Pourquoi son amie Mathilde ? Que vient-elle faire là ? Y a-t-il réellement un lien entre ces trois victimes ?

L'inspecteur ROBERT lui fait un signe. Les résultats vétérinaires viennent d'arriver dans sa boîte mail. Juste le temps de les imprimer, de retrouver la commissaire.

— Bon qu'est-ce qu'on a ?

— Alors, le chien a été shooté. Un vrai cocktail, il ne risquait pas de se réveiller. Il a eu une injection d'un mélange d'acépromazine et de kétamine à forte dose.

— En français ?

— Sédatif et anesthésique.

— C'est quoi ce délire ? C'est un véto qui a tué le chauffeur ? Ou ils étaient deux sur l'affaire ? Je ne comprends vraiment plus rien pour le coup.

— Où il s'agit de quelqu'un qui s'y connaît en drogues vétérinaires, ou qui a un de ces médecins dans ses connaissances, ou un habitué des safaris, un soigneur.

— Manquait plus que ça. Des nouvelles du chien ?

— Il se remet tout doucement, mais il est perdu, il a peur.

— Il me paraît évident que le tueur ne voulait pas toucher à l'animal, mais uniquement au maître dès le départ, il voulait l'épargner, juste l'écarter pour avoir le champ libre. Tout était prévu dans ce sens. Donc, l'agresseur savait qu'il y avait un chien agressif, mais de quelle manière l'a-t-il su ? Sans doute un individu qui n'aime pas le genre humain.

— État d'esprit asocial ? Psychopathe ?

— État d'esprit perturbé sans nul doute. À confirmer. Maître de ses actes et précis dans ses gestes, d'une colère froide qui le rend méthodique et perfectionniste, ayant une forte capacité de concentration. Et, par conséquent, qui doit s'entraîner régulièrement. Vérifiez dans les clubs de tir, cherchez les éléments qui pourraient se rapprocher le plus de ce genre d'élite. Attendons d'avoir le retour du doc et de la balistique, ça traîne chez eux.

◆

— Bonjour Léo ! Comment ça va aujourd'hui ? Léo ?

Maria ne travaille pas en ce samedi après-midi. Elle a décidé de se rendre chez Léonard pour parler, faire le point après la dernière discussion qui avait été assez houleuse.

Elle veut avoir le cœur net sur ses intentions, bien que son état d'esprit ne lui semble pas très stable. Elle ne lui jette pas la pierre, lui laissera le temps de réfléchir s'il le fallait.

Elle a pris la liberté d'entrer, n'ayant obtenu aucune réponse, puisqu'elle avait toujours les clés en sa possession, des fois que...

Elle découvre Léonard installé sur le canapé, le regard dans le vide, face à un bol de café, semblant hypnotisé. Maria s'approche de lui lentement. Était-il somnambule ? Elle a connu des personnes comme cela autrefois, surtout, elle prenait la précaution de ne jamais les réveiller, au risque de créer un choc.

Elle s'agenouille lentement à ses côtés et s'aperçoit que ses mains tremblent, que des larmes coulent.

— Léo, c'est moi, Maria... Qu'est-ce qui se passe, parle-moi Léo, parle-moi...

Il tourne lentement la tête dans la direction de sa compagne, ouvre la bouche avec grand peine. Il tente de parler, mais n'y parvient pas. Alors, Maria prend le parti de s'installer près de lui, calmement. Elle pose un doigt sur les lèvres de son amant.

— Tu veux un autre café ? Celui-là est froid. J'ai fait ton gâteau préféré aussi.

Elle récupère son bol, vide le liquide froid dans l'évier, elle se prépare un thé à la menthe, découpe quelques parts de pâtisserie sur une assiette. Puis, après avoir retiré le sachet infusé de sa tasse, rempli à nouveau le bol de Léonard de café bien chaud et dépose le tout sur la table basse du salon.

— Prends ton temps rien ne presse. Puisque tu ne peux pas parler pour le moment, c'est moi qui vais le faire. Tu n'auras qu'à écouter. Me connaissant, c'est déjà beaucoup. Tiens, dans la semaine, on nous a apporté un chiot de six mois que les maîtres ne voulaient pas garder, à donner contre bons soins. J'ai pensé à toi, ça te ferait une compagnie. Pauvre petite bête, la famille n'avait pas les moyens de le nourrir et de le soigner. Ils l'avaient depuis trois mois. Les gens ne réfléchissent pas, je te jure. Ils devaient bien s'en douter tout de même, quand ils l'ont adopté. Et puis, je vais devoir retourner au refuge ce soir, j'ai des problèmes de stock. Il me manque un sédatif et un anesthésiant. Je ne retrouve pas les ampoules. J'ai un décalage de stock. À moins qu'elles aient été cassées pendant une manipulation, mal comptées ou mal rangées. Mais cela devrait être noté quelque part.

— Je crois que j'ai fait une connerie Maria. Une grosse connerie.

— Hein ? Et quoi donc ?

— Je crois que j'ai tué un homme.

— Enfin Léo, tu crois ou tu es sûr ? Faut savoir ! Et pourquoi tu l'aurais tué cet homme ?

— Je sais pas Maria, je sais plus. Tout est flou, je sais plus où je suis, je sais plus ce que je fais. Je sais même pas si je te parle vraiment, ou si je rêve que tu es là. Je deviens fou Maria, Je deviens fou !

— Tout va bien, calme-toi, et pourquoi tu l'aurais tué cet homme hein ? Il s'est passé quelque chose de grave pendant tes vacations ? Un événement spécial ?

— Non.

— Alors quoi ?

— Rien, je sais pas, je sais plus. Je deviens fou je te dis.

— Calme-toi mon Léo, je suis là, je suis vraiment là, tout va bien.

Elle lui caresse la tête posée sur ses genoux, son visage sur lequel elle sent une barbe de plusieurs jours. Elle le câline tel un petit enfant perdu, apeuré. Il pleure en silence. Elle tente de le rassurer, lui parle tendrement. Une larme perle sur une de ses joues qu'elle balaye du revers d'une main.

— Allez, on le mange ce gâteau ? Ton café va être à nouveau froid.

Léonard se redresse, renifle bruyamment. Il attrape une feuille de papier essuie-tout placé devant lui, se mouche.

— Maria ?

— Oui ?

— Pourquoi tu fais tout ça ?

— Parce que je t'aime.

— Je ne te mérite pas. Et toi tu mérites mieux qu'un type comme moi. Et si je l'avais vraiment tué ce mec ? Je vais passer le reste de ma vie en tôle. Une belle femme comme toi, ça ne passe pas sa vie dans un parloir à courir après une ombre, ou à attendre les heures de visites conjugales avec un marlou au frais. Je ne veux pas que ma rose se fane.

— Bien sûr que non, ça n'arrivera pas puisque tu n'as tué personne. Mange, et arrête de dire des conneries.

— Maria ?

— Oui ?

— J'ai de la chance de t'avoir.

— Ah ! Grand bien te fasse. C'est la première chose intelligente que je t'entends dire depuis des mois.

— Mais tu sais ce que j'en pense, c'est une très mauvaise idée pour toi ! Les sentiments, ça fait trop mal.

— Léonard ! Tais-toi et MANGE ! Et après, à la douche, vilain garnement !

CHAPITRE VIII

À toi, mon héros...

— ROBERT! Dans mon bureau! On reprend tout depuis le début.

— Oui patron!

— J'en ai plus qu'assez ROBERT! Le divisionnaire me tape sur les doigts parce que le procureur lui tire gentiment les oreilles en le menaçant de le priver de dessert si l'enquête n'avance pas plus vite. Mais nom de Dieu qu'ils viennent bosser avec nous ces bureaucrates, merde!

— Ouh là! Et vous? On vous prive de quoi?

— La ferme ROBERT!

— Mauvaise nuit patron? Attention, vous allez vous déclencher une migraine.

— Dites-moi qu'on a quelque chose de nouveau, une piste, un détail, une poussière, une once de détail, un truc qui avance quoi! Par pitié!

— Justement, j'ai l'once de détail depuis hier soir.

— Et ?

— Pour le chien du routier, la canule a été retrouvée près du chien avec la seringue.

— Oui, on le savait déjà.

— Ils ont aussi retrouvé une ampoule d'un des deux produits injectés.

— Hein ? Monsieur parfait aurait-il commis une erreur ? Qu'est-ce que ça donne ?

— Pas d'empreinte, pas d'A.D.N., comme d'habitude. Un numéro de lot à moitié effacé. Selon le labo, il a été partiellement détruit, gratté au rasoir. Dès qu'ils arrivent à le reconstituer, ils lancent la recherche de traçabilité pour remonter au fabricant.

— Super, et avec ça, on aura le véto qui a fourni cette drogue, et à qui. Quoi d'autre ?

— Enfin le retour de la balistique.

— Chouette ! Ils ont trouvé l'arme du crime aussi ?

— Ça non. Mais d'après leur expertise, il s'agit probablement d'un 357 Magnum… calibre 7 millimètres.

— Hein !? MR 73[8] ?

— Vous pensez à qui ?

— À personne pour l'instant, j'attends la suite.

— Ça vous parle patron ? C'est un gars de la Maison ?

— Ça pourrait bien. J'en ai bien trop peur. Merci ROBERT, bon boulot. Et pour les deux autres ?

— On rame. Pas de problèmes de finances, comme je vous l'ai dit déjà pour la première victime, pas de problème au niveau du voisinage ni dans son boulot. Pour la seconde, idem, sauf que votre copine semblait avoir un sacré caractère. Elle s'en est prise un jour à un prospecteur du gaz qu'elle a sérieusement rembarré.

— Ce n'est tout de même pas une excuse pour en venir à la tuer.

— D'accord avec vous patron. Ceci dit, ce n'était pas la première fois qu'elle agissait de cette manière.

— C'est vrai qu'elle était caractérielle. Disons qu'elle savait ce qu'elle voulait. Elle a toujours géré son quotidien seule, même pour élever sa fille, elle était seule. On peut comprendre qu'elle se soit forgé une armure.

— Une attaque de trop, quelqu'un qui aurait voulu lui donner une leçon qui aurait mal tourné ?

— Admettons, on voit de tout dans ce monde. Mais l'ouvrier, quel mobile ?

— Mari jaloux ? Une rupture mal digérée ?

— Il aurait fallu dans ce cas une femme avec une excellente condition physique, bien que les forces soient décuplées avec la colère et la motivation de la vengeance. Mais non, ça ne tient pas. L'agresseur n'aurait sans doute pas mis autant de soin et d'énergie à effacer ou à éviter toute trace le concernant.

— On rame dans la semoule.

— Je dirais même en plein marécage. Vérifiez les casiers judiciaires, faites des recherches auprès des tribunaux, divorces, plaintes, mains courantes. Tout ce que vous pourrez vérifier, et aussi les agendas de tout ce monde-là en espérant qu'ils en aient, jusqu'aux moindres rendez-vous médicaux, chez le coiffeur, associatifs. Bref, tous les détails, même ceux qui vous sembleraient invraisemblables ou inutiles.

— OK patron.

— Renseignez-vous auprès des collègues, des employeurs. Il faut absolument qu'on trouve ce fichu dénominateur commun. Il doit y en avoir un.

— Patron ?

— Quoi ?

— Vous me laissez un peu de temps là ?

— D'habitude, je vous dirais qu'il me faut tout cela pour hier, mais exceptionnellement, je vous accorde un délai pour demain.

— Chouette ! Pour après-demain, ça vous irait aussi ?

— Comme vous voudrez, mais faites vite. Mettez LUCAS sur le coup, qu'il vous prête main forte. À deux, vous irez plus vite.

— Trop généreuse patron ! Votre bonté vous perdra, mais Dieu vous le rendra.

— Si vous le dites. Au Boulot !

— À vos ordres !

L'inspecteur ROBERT prend congé avec un salut militaire et un claquement de pieds. Claude GUÉRIN sourit et soupire. Décidément, que ferait-elle sans ses hommes.

Elle décide d'aller jeter un coup d'œil à l'appartement de feue son amie. Les scellés avaient été apposés. Mais qu'importe. Elle trouverait une solution. Il fallait trouver des réponses à donner à sa famille.

◆

Léonard

Il m'arrive bien souvent de faire le point sur ma vie durant mes longues nuits de travail. Ce soir ne déroge pas à la règle. Un flash qui me traverse l'esprit, un souvenir, un parfum. Un détail qui me ramène plus de quarante ans en arrière.

Dans ces moments-là, je me demande ce que je fais dans ce foutoir, comment je suis arrivé dans cette situation. Je me dis que j'ai sans doute loupé le bon embranchement de l'autoroute de ma vie que j'ai brûlée par les deux bouts, trop vite, trop fort, trop mal.

Flashback sur mes années noires qui ont provoqué en moi un manque abominable, un cruel sentiment d'abandon.

Je te revois, mon père que j'identifiais comme mon héros. Tu m'impressionnais par ton charisme, ta prestance, ton assurance, ta confiance en toi. Moi, ton fils unique, ton seul enfant, je te suivais comme une ombre, où que tu ailles, quand tu daignais enfin être présent au sein de ta famille.

Je ne m'expliquais pas forcément tes absences, mais un héros n'a-t-il pas le droit à son jardin secret ? Bon Dieu ce que j'étais fier de parler de tes prouesses, réelles ou imaginaires, à mes camarades qui me regardaient bouche bée durant mes récits.

Je n'existais qu'à travers toi. Je voulais à tout prix te ressembler, être un second toi. Il paraît que, si j'avais été une fille, je serais devenue secrétaire. Mais je suis né dans le corps d'un garçon, alors tu voulais que je devienne flic.

Bon, peut-être, je ne savais pas trop en quoi cela consistait réellement. J'imaginais seulement ma vie en la superposant à la tienne que je ne connaissais pas vraiment. La présence à la maison de tes collègues m'impressionnait. J'imaginais mes aventures à la James Bond, arme au poing. Je t'admirais.

Toutes ces filles bizarres qui te tournaient autour, étaient-ce des James Bond's girls ? Je me réconfortais là encore à imaginer tout cela. Quoi de plus normal.

Mais ce week-end fatidique, mon père, je le revis à chaque instant, dans mes rêves, ou plutôt dois-je appeler cela des cauchemars. Ma vie a basculé ce soir-là. Tu n'étais pas là.

Pour moi, un flic devait venir en aide à la veuve et à l'orphelin. Il devait être là pour protéger et secourir. Mais tu n'étais pas là. Étais-tu en compagnie de ces filles fantasmagoriques ? Les as-tu préférées à ma mère ?

Pauvre week-end de solitude durant lequel, comme durant tant d'autres, elle devait tout gérer sans toi. Je devenais alors le petit homme de la maison. Je me glorifiais à ce titre et le prenais très au sérieux. Je prenais ta place et devenais à mon tour son héros.

Jusqu'à ce moment que je n'oublierai jamais, moment de jeu durant lequel le drame est arrivé. Caché dans un recoin de la maison, je ne les ai pas entendus arriver. Je suis descendu du grenier, mon sanctuaire où je pouvais laisser libre cours à mes scénarii de grand guerrier. Je fus tétanisé par la peur et la panique lorsque je les ai vus, cagoulés et armés. C'était comme au cinéma. Ils sont repartis sans faire de bruit, tels des chats, se faufilant à travers le jardin, puis disparaissant.

L'homme de la maison, du haut de ses dix ans, ne savait plus s'il devait avancer ou fuir. Je suis redevenu un enfant, un tout petit enfant, pétrifié, terrorisé.

Je n'ai aucune notion, aujourd'hui encore, du temps qu'il m'a fallu pour m'avancer vers ma mère. Elle était étendue, baignant dans son propre sang, inerte. Qu'aurait fait James Bond à ce moment précis ? Je crois que j'ai appelé les secours. Comme elle m'avait appris. Comme un automate, hypnotisé.

Je t'ai vu arriver, trop tard, dans le flux de l'agitation. Je crois que je n'ai pas pleuré. Je crois que je t'en voulais amèrement. Tu m'as pris dans tes bras pour me réconforter. « Sois fort bonhomme » Je suis resté insensible à ton geste. Déjà se développait en moi une colère qui ne m'a jamais quitté. Je crois que mon héros en a pris un sacré coup à son matricule.

Et moi, l'homme de la maison par procuration, je n'ai rien fait non plus pour les faire fuir. Ma mère n'est plus en vie par ta faute. Ma mère n'est plus en vie parce que je n'ai pas su comment éviter ce carnage.

Je repense à ces visites improbables dans les cabarets où tu allais rencontrer ces filles, que je n'aimais pas. Bien qu'elles n'aient jamais été désagréables envers moi, bien au contraire. Mais elles ne remplaceraient jamais l'amour maternel. Leurs minauderies et leurs élans d'affection frisant la pitié m'exaspéraient.

Je revis mentalement ces nuits de filature durant lesquelles tu partais avec l'une d'entre elles. Tes yeux n'étaient plus assez perçants. Alors tu te servais des leurs pour te conduire sur les routes, sans lumière. Que leur avais-tu promis en échange ?

Vas-tu dans leur lit au lieu d'aller dans le vôtre où j'ai été conçu avec celle qui n'est plus là et qui me manque cruellement ? Allais-tu courir la gueuse dans le but d'assouvir un plaisir interdit ? Avais-tu des désirs et des fantasmes enfouis, inavoués et inavouables, aux portes de la perversité ? Souffrais-tu d'un vice incontrôlable, d'un besoin viscéral de te convaincre de ta virilité ?

Quand, adolescent, tu m'autorisais à écouter de la musique, seul, dans ta voiture, je prenais la liberté de fouiller chaque recoin, que tu jugeais sans doute inaccessible. Je ressentais alors, dans mon corps d'homme naissant, des sensations inconnues, qui me tourmentaient. La curiosité était la plus forte. Il fallait que je sache quel était ce mystère que tu taisais sciemment. Dans un vide-poche entre les sièges avant, je découvrais un monde sulfureux, angoissant, mais terriblement attirant.

Des photos suggestives et démonstratives de certains actes, dont je ne comprenais pas tous les sens, éveillaient les miens. T'es-tu seulement demandé, ne serait-ce qu'une fois, ce que ces images pouvaient provoquer en moi ? Qui es-tu, toi qui m'as élevé depuis toutes ces années, qui as aimé ma mère comme je l'espère. D'où te viennent ces travers de débauche ?

Je m'interroge pour t'avoir surpris à maintes reprises à arpenter les rues en leur compagnie, alors que nous étions seuls à t'attendre. Ou n'était-ce qu'un leurre, un rôle joué par un comédien aguerri, défendant sa cause ?

Ma colère grandissait au fil des années, sourde, tenace, marquée au fond de mon cœur au fer rouge.

Oui, pourquoi elle et pas toi ? Pourquoi a-t-elle été la victime collatérale de tes agissements ? Tout comme moi, ton fils unique. Pourquoi jouis-tu encore de la vie, sans elle ? L'as-tu oubliée ou fait-elle partie de tes souvenirs lointains, refoulés dans ton inconscient ? Je souhaite que, parfois, tes tripes se déchirent à cette pensée.

Aujourd'hui encore, j'ai du mal à cicatriser, même si j'ai voulu suivre tes traces pour faire mieux, sans doute pour avoir l'opportunité d'une vendetta personnelle.

J'ai voulu me prouver que je pouvais être un meilleur flic que toi. J'ai échoué. Je suis parti de la Grande Maison, tout comme toi. Par lâcheté, peut-être. Le poids de cette souffrance a fini par devenir insoutenable, les démons à chasser trop violents. J'ai failli dans la tâche qui devait être la mienne. Je n'ai pas su secourir. J'ai laissé une autre mère pâtir de mon irresponsabilité.

Alors j'ai fui, à mon tour. Adieu la flicaille, adieu ce monde qui a détruit ma vie. Je trouverai mon salut dans un autre lieu, loin de toutes ces affres de la peur de l'échec.

Mais tu me hantes, jour et nuit. L'image de ma mère gisant dans son sang sur le sol du salon me possède. Je n'en dors plus, je gâche la vie des personnes qui m'entourent. Je ne me sens pas digne de recevoir leur amour. Ma mère m'a aimé, elle n'est plus là, je n'ai pas su éviter l'irréparable.

Je repousse toutes les âmes charitables et de bons sentiments qui m'approchent, Maria, Claudie, les seules femmes qui comptent vraiment. Je les détruis à petit feu.

Mon père, héros déchu, sache que je ne suis plus que l'ombre de moi-même, à défaut d'être resté la tienne. Je n'ai pas été à la hauteur, mais le suis-je pour autant à ce jour ? J'erre dans des méandres insomniaques, dans des vapeurs dignes de Satan, qui me soutiennent et qui me font du bien.

Mon esprit alambiqué se réfugie sur des nuages psychédéliques dans lesquels je m'évade, desquels je ne voudrais jamais partir. Je me sens invincible.

Merci à toi, mon géniteur, à qui je revaudrai tout cela un jour. Tout vient à point à qui sait attendre paraît-il. Je sais être très patient.

N'oublie pas non plus Maria qui supporte mes frasques malgré elle. Je te hais quand je la repousse. Je te hais quand je suis irrespectueux, quand je lui fais subir ma colère.

J'ai honte de mon corps quand mes tripes se tordent et me forcent à demander à la femme que j'aime de s'exhiber, à l'image des putains que j'ai côtoyées, que tu as fréquentées, et que tu dois encore approcher, maquillée telle une gourgandine[9] pendant nos ébats, affublée de dessous affriolants, tout en me sortant le grand jeu. Notre chambre est sa Villa Tinto[10]. J'ai, par moment, ce besoin d'excitation extrême qui me rend la confiance que j'ai perdue. Je redeviens un homme, le sexe au garde-à-vous que je brandis à pleine main avec fierté, avec la seule envie, furieuse, de l'enfoncer dans la chaleur de son ventre et décharger en rafale. Je suis un animal en rut, rugissant.

Je te hais aussi lorsque, à d'autres moments dans nos rapprochements intimes, je suis incapable de lui apporter ce qu'elle demande, parce que mon oiseau de malheur reste au repos, inlassablement recroquevillé.

Alors je me laisse tomber comme un poids que je suis à ses côtés, j'allume une cigarette. Elle me regarde, m'assure que cela n'est rien, que ce genre de chose arrive à tous les hommes, même s'ils disent tous être des supers étalons de compétition. La panne n'est ni une fatalité ni un drame.

Je me lève et je vais terminer ma clope à l'air libre. Elle ne me reproche jamais rien, je le fais assez moi-même. Pour cela, je suis un champion. Elle me dit qu'elle comprend et qu'elle ne m'en veut pas. Est-ce de la pitié ? Dans ce cas, ce serait pire que la colère.

Je te hais pour ne pas pouvoir profiter des instants qui se présentent à moi sans, qu'à tout moment, je veuille y mettre fin avant qu'elle ne le fasse.

Lui parler ? Oui, mais que pourrais-je lui dire ? Que je l'aime comme un fou mais que je panique à l'idée de la perdre, comme ma mère. Que je souffre de l'angoisse à ressentir les mêmes désirs et fantasmes que toi, les mêmes pulsions incontrôlables, que j'en ai honte. Parce que, par moment, je ne suis plus moi-même. Est-ce héréditaire ?

Ensuite, elle posera des questions, fatalement, je ne suis pas assez courageux pour lui expliquer ce drame qui me torture chaque jour que Dieu fait.

Je me renfrogne, je m'évade dans ce qui me soulage, un moment éphémère qui m'éloigne d'elle, illusoire.

Et aussi certain que je suis de ton sang, je te fais la promesse solennelle que les comptes seront réglés, quoi qu'il m'en coûte.

CHAPITRE IX

Ma mère

Léonard

Je me trouve dans un jardin, ou plutôt une cour intérieure, qui me semble être dans une copropriété. Je m'avance lentement et entre dans un immeuble cossu. Il est trois heures du matin.

Je survole les marches tel un personnage de Folon[11], léger, insouciant. Je traverse sans effort la porte d'entrée. Je suis passe-muraille. Je suis invincible. Rien ne peut m'arrêter.

J'entre dans la chambre de cette femme dont je ne connais pas le nom, bien que son visage me soit familier. Je sais que je la connais pour l'avoir croisée à maintes reprises. Où ? Quand ? Avec qui ? Peu importe. Ce dont je suis persuadé, c'est qu'elle m'est devenue insupportable. Son naturel directif et autoritaire me révolte. Il faut que je lui donne une leçon qu'elle n'oubliera pas de sitôt. Il faut que je la fasse taire. Elle doit impérativement comprendre que l'on ne me parle pas de cette manière. J'ai droit au respect.

La mégère dort paisiblement. J'entends sa respiration lente et régulière. J'observe son visage détendu et calme. Je me dis que, de dragon, elle est devenue un ange à qui l'on donnerait le bon Dieu sans confession. Dois-je appeler un prêtre pour l'extrême-onction ? Je ferais ma bonne action du jour. Ce serait un acte de charité avant les portes de Saint-Pierre.

Je reste devant elle, patiemment, sans bruit. Je repense à notre dernière rencontre. J'entends sa voix insupportable de crécelle, je revois son regard, l'expression de son visage. L'exaspération monte en moi. Je ressens soudain une haine féroce. Mon intolérance provoque en moi une réaction épidermique. Un frisson d'excitation parcourt tout mon corps.

Je saisis l'oreiller à côté d'elle. Et, sans réfléchir, je le plaque sur son visage. Elle se réveille et se débat. J'en profite pour tirer le second sur lequel elle est couchée pour accentuer mon geste. Je l'entends suffoquer. Puis plus rien. Elle ne bouge plus.

Je soulève mes instruments de torture, soulagé et satisfait. L'adrénaline retombe. Alors je vois le visage de ma mère. Je rugis et j'exerce à nouveau une forte pression sur cette vision que je veux faire disparaître. Mais elle est toujours là. Elle me regarde fixement, les yeux grands ouverts. Une voix s'élève, qui me semble caverneuse, du tréfonds de son âme en errance. Ma mère me parle, elle me demande pourquoi j'ai laissé faire ça. En tuant cette femme, j'ai tué ma mère une deuxième fois.

Je veux sortir de ce film d'horreur. Je braille et je me m'ébranle férocement, une fois de plus.

J'ouvre les yeux. Je ne sais plus où je suis. J'ai impérativement besoin de lumière. Toute cette folie doit cesser ! J'approche la main de l'interrupteur de ma lampe de chevet. J'inspire fortement. J'ai le cœur qui bat à tout rompre.

Maria est à mes côtés mais, à mon habitude, je ne m'en occupe pas. Je l'oublie même. Je fuis la chambre. J'ai besoin d'air. Ma mère me suit. Son âme erre entre deux mondes.

Elle me dit qu'il faut que je l'aide, qu'il faut que je rende justice. Je m'entends lui répondre que je ne peux rien faire. Que je ne peux rien changer aux événements. Je lui dis qu'elle aille hanter mon père. Que lui doit savoir.

Maria m'a suivi. Je reprends mes esprits après m'être aspergé le visage et glissé la tête sous le robinet d'eau froide dans la cuisine. Je dégouline. Elle me prend dans ses bras après m'avoir essuyé, comme un enfant. Elle ne dit rien. Je ne vois que ses yeux bleus au travers du voile qui recouvre les miens.

Je la serre contre moi... Je m'autorise à m'abandonner, pour la première fois...

◆

Maria

Léonard et moi avons passé une soirée exquise, comme cela ne nous est plus arrivé depuis longtemps. Il m'avait préparé une surprise, qui m'a beaucoup touchée.

Ce soir, nous dînons dans un restaurant absolument magnifique. Le cadre est chaleureux. Des fleurs sont disposées au centre de la table.

Il est de très bonne humeur. J'en suis étonnée. Cependant, je ne pose aucune question, ne voulant pas rompre le charme de ce moment.

Il semble même être disposé à tenir une conversation agréable. Il m'offre du champagne du meilleur cru. À ses dires, je le mérite amplement.

Nous sommes redevenus amoureux et complices. Cela me réconforte. Je prends plaisir à me lover contre lui, à l'embrasser en public, sous le regard oblique des autres dont je n'ai que faire.

Après le dîner, nous décidons de marcher, l'un contre l'autre. La fraicheur de la nuit reste agréable. Un chien vient nous saluer lors de sa promenade du soir. Il se laisse flatter en remuant la queue frénétiquement. Léonard s'aventure à tendre la main. Il sourit. J'aime son sourire. Le maître récupère l'animal en s'excusant, puis nous reprenons notre chemin.

Nous longeons la rivière par un chemin bétonné en bordure du cours d'eau. Le temps semble n'appartenir qu'à nous. Nous flânons, complices. J'aime la lumière apaisante, ocre et douce des luminaires. Nous plaisantons en observant les étoiles et choisissons la nôtre. Nous décidons qu'elle devra nous suivre au bout du monde. L'air est léger, nous aussi. Un souffle de bonheur passe entre nos corps alanguis.

À notre retour, il ferme la porte de la maison, me plaquant contre celle-ci, me tenant fermement par les poignets, m'embrassant avec gourmandise. Il y a des moments où je ne le reconnais pas. Il semble parfois métamorphosé dans cette bestialité qu'il ne contrôle pas. Mais peu importe. Je le laisse s'emporter à ses pulsions amoureuses avec délice. J'ai besoin parfois de le sentir exalté, emporté dans cette passion qui me donne encore plus envie de me donner à lui, de lui appartenir à corps perdu.

« J'ai envie de toi ». Il m'entraîne dans la chambre, me tenant par la main. Nous nous laissons tomber sur le lit et rions, tels des adolescents. Je suis heureuse.

« Déshabille-toi... Tu as quoi, en dessous, ce soir ? Tu portes l'ensemble que je t'ai offert ? Tu sais que ça m'excite de te voir avec ça... Tu es trop belle... ». Il commence à déboutonner mon chemisier, impatiemment. Il me respire, cherche à éveiller mes sens. Je n'attendais que lui. Il retire ses vêtements, nous nous retrouvons étendus, nus, affamés l'un de l'autre.

Nos bouches se cherchent, frénétiquement. Nos mains s'unissent, puis se lâchent pour s'abandonner à des caresses sensuelles et excitantes. Nous redécouvrons nos corps, nos saveurs, le goût de notre peau. Nous nous abreuvons du désir envahissant nos êtres.

« Je te veux maintenant ». Il entre en moi, bonheur sublime. Je vacille sous ses coups de reins, mouvements de va-et-vient m'offrant un plaisir indécent.

« Oh non ! Pas maintenant ». Un râle de jouissance s'échappe de sa gorge. Il pose sa tête dans mon cou, soupire.

Je passe mes mains dans ses cheveux, le long de son dos.

— Tu n'as pas aimé ?

— Bien sûr que si.

Il se couche à mes côtés, le visage fermé.

— Ou ça va trop vite, ou je ne peux pas. Dans tous les cas, je suis bon à rien.

— Pourquoi tu te dévalorises comme ça ?

— Tu restes sur ta faim, ne me dis pas le contraire. Je n'arrive pas à te donner ce que tu veux.

— Et qu'est-ce que je veux selon toi ?

— Plus que ça.

— Je veux un homme qui m'aime, pas un étalon.

— Ah oui, avec moi, tu n'es pas près de l'avoir, c'est certain.

— Tu es trop fatigué. Sans compter tes angoisses qui te minent. Tu penses trop.

— De quoi tu parles ?

— De tes cauchemars, ne fais pas l'innocent.

— Rien à voir avec mes angoisses. Même si c'était le cas, tu n'es pas là pour qu'on parle de mes pseudos problèmes quand on se voit.

— Comme tu voudras. Il faudra bien que tu te libères un jour.

— Oui, un jour... Peut-être... Toi, tu as besoin de dormir. Tu ne dis que des conneries. Bonne nuit ma rose.

Il m'embrasse une dernière fois du bout des lèvres, se tourne sur son oreiller et s'endort. Je l'imite dans l'instant jusqu'à ce que je sois réveillée de manière insolite, au beau milieu de la nuit. Quelle heure est-il ? Combien de temps ai-je dormi ?

J'entends Léonard au rez-de-chaussée, affirmer fortement qu'il ne peut rien faire, qu'elle aille hanter son père. Je me lève sans précipitation et descends les marches de bois qui grincent sous mes pas.

Il est dans la cuisine, la tête sous le robinet de l'évier à s'inonder d'eau froide. Je coupe l'eau. Il sursaute et lâche un grognement rageur. Je prends un torchon pour sécher son visage, il ruissèle. À son regard, j'imagine celui de l'enfant qu'il était, empli de désespoir.

Il me prend dans ses bras et me serre contre sa poitrine. Et, pour la première fois, il pleure sur mon épaule.

«Viens mon amour, ne reste pas comme ça». Nous remontons à la chambre. Léonard se cale contre moi. J'entends un chuchotement «pardon». Je tente de l'apaiser, je lui dis que je l'aime, qu'il n'est pas seul.

Je crois qu'il a fini par s'assoupir. Moi aussi.

◆

— Bonjour mon chéri.

— Ça sent bon.

— Des crêpes pour le petit déjeuner. C'est dimanche, on peut bien se faire un petit plaisir.

— Je ne dis pas non.

— Du jus d'orange fraîchement pressé aussi.

— Whaou. Super tout ça.

— Assieds-toi et mange pendant que c'est chaud.

— Avec plaisir Madame.

Je souris et pose sur la table une assiette remplie dont le fumet nous met l'eau à la bouche.

— Tu as fini par te reposer un peu ?

— Moyennement, oui.

— Hum, c'est déjà ça.

— Merci d'être là.

— Bien sûr que je suis là pour toi. Mais je ne peux pas tout gérer. Il va falloir que tu te décides à consulter sérieusement.

— Tu veux gâcher la journée ? Fous-moi la paix avec tes histoires de toubib.

— Je n'ai pas les connaissances d'un psychiatre ou d'un psychologue. Je ne peux pas t'aider comme tu en aurais besoin.

— Mais de quoi tu parles ? Je n'ai pas besoin d'aide.

— Vraiment ? Et le fait de parler à ta mère en pleine nuit et de te mettre dans des états déplorables, c'est aller bien pour toi ?

— J'ai géré durant des années jusqu'à aujourd'hui.

— Ah oui, bien sûr ! Sauf que maintenant, admets tout de même que ça te bouffe l'existence. Il devient urgent de faire quelque chose pour toi.

— À quoi bon ! Je n'aime pas ces gens-là ! Ils foutent la merde dans ta cervelle. Je n'ai aucune confiance. Je n'ai rien à leur dire.

— Alors explique-moi ce qu'il t'arrive bon sang. De quoi as-tu peur ? Ton état empire de jour en jour, tu t'en rends compte au moins ?

— Tu te fais des films, je vais bien là, tu le vois ? Je mange des crêpes délicieuses en compagnie d'une femme superbe, et j'ai envie de passer une bonne journée.

— Tu m'exaspères Léonard.

— Moi aussi je t'aime. Même si c'est une très mauvaise idée.

— Continue et je t'en colle une.

— Ah ! Ah ! On se la joue rebelle ce matin ? Tu sais que tu es belle quand tu es en colère ? Tes yeux brillent encore plus, et la petite rougeur, là, sur tes joues, j'adore !

— La ferme Léonard ! Mange, ça vaudra mieux. Un gosse, je lui aurais botté les fesses. Ça remet les idées en place.

— Ben tiens ! Essaie que je rigole cinq minutes. Je t'aurai mise par terre avant que tu arrives à lever la jambe.

— Oh !

Inutile d'insister. Je n'en tirerai absolument rien ce matin. Le mutisme et le déni me deviennent insupportables. J'ai parfois envie de le marteler à coups de poing, pour qu'il comprenne que je ne suis pas dupe. Je l'entends déjà rire aux éclats, me considérant comme une écervelée.

Il prend plaisir à se retrancher dans la dérision pour se voiler encore plus la face. Quand se décidera-t-il à me parler ? Quand aura-t-il cette once de lucidité qui lui permettra enfin d'admettre la réalité ? Leurrer les autres pour mieux se convaincre soi-même. Mais combien de temps ce stratagème va-t-il encore durer ?

Il est tel un mur en béton armé. Je me promets qu'un jour, je finirai bien par trouver la brèche et insérer le bâton de dynamite pour faire éclater ce rempart qui le protège. J'espère juste qu'il ne sera pas trop tard.

Le petit déjeuner terminé, je débarrasse la table et je remets un peu d'ordre dans la cuisine. Il a envie de sortir, de prendre l'air pour la journée. J'accepte l'invitation et ne parle plus de ce sujet brûlant. Mais sache que je ne te lâcherai pas de sitôt, Léonard Chéri. Je finirai par trouver la faille de ton armure.

CHAPITRE X

Qu'on me parle gentiment !

— ROBERT !

— Patron ?

— Ça avance ? Quoi de neuf ?

— J'ai tout repris à zéro, on piétine.

— Dites-moi quand même.

— Bon, l'ouvrier, Gérard ANTOINE, il a été embauché il y a quinze ans. Ses collègues parlent de lui comme étant d'une nature assez impulsive, style soupe au lait, manquant de patience, mais rien à redire sur la qualité de son travail. Plutôt sérieux et rarement en retard.

— Son caractère aurait-il exaspéré plus que de raison ? Pourtant, il me semble me souvenir que l'enquête de voisinage l'avait décrit comme un individu bon vivant et très serviable.

— En société oui, avec son équipe aussi, mais parfois il s'emporte facilement.

— Hum, est-ce le motif ? Y a-t-il eu harcèlement ou menace quelconque de sa part ?

— Je n'ai rien là-dessus. J'ai à nouveau étudié ses mouvements d'argent. J'ai même demandé à LUCAS de m'aider, des fois que je laisse passer un truc. Il a des folies de temps à autre comme tout le monde, mais il s'en sort bien. Donc, rien de douteux.

— Et pour Mathilde ?

— Vous la connaissiez bien votre copine ?

— Je l'ai rencontrée il y a une bonne dizaine d'années. Pas vraiment dans de bonnes conditions. Pourquoi ?

— Elle a une drôle de personnalité aussi cette dame. Très généreuse, elle ne compte pas son temps pour venir en aide aux autres, membre d'une association à but caritatif, également très active au sein de l'association des retraités de son ancienne boîte. Bref, tout est normal.

— Mais ?

— Mais un sale caractère selon ses voisins. Elle ne supporte pas qu'on vienne la contredire sur sa façon de faire ou de penser. De fait, elle peut devenir extrêmement désagréable, voire verbalement agressive. Ses collègues se sont plaints quant à son naturel directif et intrusif. Une vraie plaie parfois selon eux.

— C'est vrai qu'elle n'était pas facile. À sa décharge, elle a élevé sa fille toute seule. C'est le genre de contexte qui vous forge un caractère, par nécessité. Sinon, tout s'écroule. Elle a géré le quotidien tant bien que mal. Elle n'a jamais été bien riche. La preuve aujourd'hui avec le tacot qu'elle conduisait. Elle a eu bien du mérite de s'en être sortie. Mais je dois admettre que, parfois, il fallait que je modère ses ardeurs.

— Voilà !

— Ce n'est tout de même pas un motif pour la tuer !

— Sauf si elle a poussé le bouchon un peu trop loin et que son entêtement en soit venu à l'agressivité récurrente.

— Elle se mettait vite en colère aussi. Mais cela retombait également très rapidement. Cependant, j'admets qu'elle pouvait tenir des propos blessants.

— On tient peut-être un motif plausible.

— Mouais... Quoi d'autre ?

— Pour le chauffeur, c'est compliqué n'étant pas français, je n'ai pas d'interprète sous la main.

— Mais ?

— À ce que j'ai compris en appelant son patron qui parle un peu français, le type est un habitué de la provocation. Il a déjà dû le mettre en garde contre certaines attitudes chez ses clients.

— Et pour le chien ?

— Là aussi, le transporteur n'était pas d'accord pour qu'il le prenne. Trop hargneux selon lui, et tous les sites industriels n'admettent pas les animaux, même restant dans la cabine. Il y a toujours un risque qu'ils s'échappent.

C'est une responsabilité loin d'être anodine, qui n'est pas prise en charge par les assurances.

— Comment réagissait-il face à ces refus ?

— Il prétextait que son chien devait rester seul la semaine entière et qu'il était hors de question de l'abandonner. Il ne faisait pas non plus confiance aux autres pour leur confier l'animal temporairement.

— On n'est jamais si bien servi que par soi-même. Je peux le comprendre. Deux logiques contradictoires.

— Sauf que le mec l'a dressé à l'attaque, pour se protéger paraît-il.

— Donc, là encore, on a droit à une personnalité loin d'être conciliante. Ils ont ce point en commun, mais j'ai du mal à admettre que ce soit suffisant pour tuer une personne. Bon, d'accord, pour le rockeur, je veux bien. Quoique... Ensuite ?

— On essaie de récupérer les carnets de rendez-vous, agendas, plans de route pour tout ce monde-là, la totalité des pièces qui peuvent justifier de leurs mouvements et des emplois du temps.

— Parfait. Continuez avec LUCAS, vous gagnerez du temps. Toujours rien pour l'arme du crime ? On a pu remonter au tireur avec la balistique ?

— Toujours pas.

— Et pour la traçabilité des calmants ?

— Toujours rien également.

— Relancez, ne lâchez pas. J'ai beau étudier le rapport d'autopsie, je navigue autant dans le brouillard qu'au début. Allez, au boulot!

— À vos ordres patron.

◆

Léonard

Je ne sais plus combien j'ai avalé de cachets de somnifère. J'ai la cervelle dans la mélasse, mais les yeux restent grands ouverts depuis des heures. Je compte les moutons qui ne m'endorment pas. Maria travaille ce soir.

Peut-être est-ce le moment d'une remise en question. Oui, mais à quoi bon... Je refuse d'admettre qu'elle ait raison sur mon état. Par orgueil. Ouais mon gars, dis plutôt que tu as la trouille. Donc, autant dire que cela ne sert à rien.

Je prends de plus en plus conscience que l'espèce humaine m'est insupportable. Je hais les Hommes. Je n'aime pas les animaux non plus, surtout les chats, ces greffiers de misère qui me filent entre les pattes, qui se faufilent partout, incognito. Je veux contrôler la situation. Je préfère l'affrontement direct. Avec ceux-là, il n'y a pas moyen. Ils sont fourbes et attaquent dans le dos. Une bonne baston, ça requinque un homme. Du bon face à face viril, il n'y a que ça de vrai. En même temps, il faut qu'on me dise les choses gentiment, sinon, mon sang ne fait qu'un tour. Je prends la mouche, direct. C'est mon paradoxe, un parmi tant d'autres.

Est-ce que j'aime quelqu'un ou quelque chose en définitive? Je ne m'aime pas moi-même. Je me dégoûte carrément. Comment les autres pourraient-ils m'apprécier? Sérieusement, je ne comprends pas Maria. Qu'est-ce qu'elle me trouve ? Je ne suis pas riche non plus. Avec moi, elle a gagné le jackpot.

À certains moments de ma vie, j'ai envie de fuir sur une île déserte. C'est ça, rien que moi et ma solitude : Robinson Crusoé des temps modernes. J'en ai le profil, sauf la barbe, mais ça peut s'arranger. Elle ne va pas supporter mon allure de clodo. Et je ne parle pas des odeurs ! Je ris à cette image. Elle va me tuer.

Vivre en ermite, il n'y a que ça de vrai. Pas d'emmerde, pas d'obligation de tenir une conversation, de rester aimable, de me justifier pour un acte qui ne convient pas à la société. Autonomie totale, bref, c'est le panard.

J'aime travailler la nuit, on me fout la paix. L'usine est vide depuis vingt-et-une heures. Le téléphone reste muet, sauf pour la télésurveillance, une seule fois. Le calme. Je bosse à mon rythme, pépère tranquille. Je fais mon petit café, ma machine me suit partout depuis un certain temps. Je carbure à la caféine pour tenir debout.

Je fuis l'agitation, le bruit, les ordres, les contre-ordres. Je refuse d'être pris au piège de la soumission. Je refuse la corde au cou comme un petit chien bien dressé que l'on tient en laisse. Le carcan de l'obéissance n'est pas pour moi.

Rebelle dans l'âme, soixante-huitard après l'heure, sans doute que oui. Les droits de l'homme et le droit à la libre expression, c'est la démocratie.

Alors, dans ce droit à la liberté, je revendique qu'on me foute la paix. Yes ! Qu'on se le dise une bonne fois pour toutes, je hais l'humanité et je vous... À ce point-là ? Peut-être bien que oui ! À bon entendeur... Votre avis, sérieusement, je m'en bats les cacahuètes.

Est-ce trop demander qu'on m'adresse la parole sans agressivité et poliment ? Bonjour, merci, au revoir, le minimum syndical. Et, si toutefois nous ne sommes pas d'accord, que l'on s'explique dans le calme, entre adultes dignes de ce nom. Dans tous les cas, j'aurai le dernier mot. Je dois rester constant dans mes humeurs. Mais quoi ? C'est mon job, je suis payé pour me contenir. Erreur ! Je ne suis pas payé pour me faire rentrer dans le lard tous les jours, ou pour recevoir en pleine face la mauvaise humeur et l'irrespect des autres. Je suis un homme, pas encore Bob l'Éponge.

Mais voilà, si c'est moi qui agis de cette manière, on me colle une faute professionnelle sur le dos. Je dois gérer les conflits. En clair, si l'on me frappe la joue droite, je tends la gauche et je la ferme ? Ah non ! Je dois discuter avec le contrevenant pour ne pas avoir à tendre l'autre joue. Plaider la légitime défense ? Cette question demande réflexion. L'intensité de la réplique doit être proportionnelle à celle de l'attaque. Ouais, eh bien que les intelligents qui ont pondu cette règle m'expliquent comment déterminer ce degré si important. En bref, si je ne suis pas mort, je laisse courir, et je me contente d'user des litres de salive, d'éprouver ma capacité à l'empathie pour calmer le clown en face de moi. C'est quoi toute cette merde ?

Cette pratique me fait sourire. J'y arrive parfois, mais soyons sérieux, le blabla ne fait pas tout. Dans ce cas, je suis bien obligé de montrer les dents, normal, faute de montrer les poings. Reste ferme mon gars, ne lâche rien, et souris.

Je suis fatigué. La nuit est devenue ma meilleure amie. Je vis dans la ouate. Que l'on m'y laisse.

L'exutoire parfait, lorsque je m'en sens la force, où lorsque j'ai la hargne à trop accumuler, c'est le tir. Quel bonheur !

Je récupère mon arme, les munitions, le casque de protection auditive, les lunettes sont cassées, tant pis pour moi. Je me suis fait jeter du club de tir. Il paraît que je suis trop impulsif, que je dégaine trop vite. Je deviens dangereux. Je n'ai pas besoin d'eux pour me défouler. Ils n'ont rien à m'apprendre.

Je me dirige vers un sous-bois où il ne passe jamais personne. Mon rendez-vous habituel avec le paradis. Je m'installe et j'enclenche le chargeur, j'actionne le mécanisme pour faire avancer les balles.

Je me positionne, bien stable sur mes pieds. Malgré l'expérience, je dois toujours me méfier du mouvement de recul lorsque la balle s'éjecte. Sensation qui me donne des frissons, l'adrénaline monte et provoque en moi un bien-être extraordinaire.

Je palpe mon 357 Magnum. J'aime son odeur. Sa froideur métallique entre les doigts me fait du bien. Je le caresse et savoure l'extase qu'il me procure. Sensation sensuelle, charnelle, presque indécente, jouissive. Le plaisir qu'une femme me procure ne pourra jamais rivaliser, jamais l'égaler. Avoir le pouvoir de vie et de mort entre les mains est jubilatoire. J'ai le contrôle, je décide de laisser un répit ou d'envoyer à trépas. Je m'imprègne de cette puissance extrême, inégalée.

Je regrette que les agents de sécurité n'aient pas encore le droit au port d'arme dans tous les secteurs d'intervention. Je saurais bien en faire bon usage, avec tous les tartuffes qui me prennent pour un moins que rien, un minable, une marionnette à manipuler.

J'inspire fortement afin de faire le vide dans ma tête. Je ne pense plus à rien. Plus d'idées parasites. Je ne pense qu'à ce moment de concentration intense.

Je retire la sécurité. Je mets mon bras en position, je fixe la cible à atteindre, immobile. Je vise. Lentement, je presse la détente, la balle s'expulse et percute l'arbre que j'ai choisi. Que c'est bon d'entendre ce bruit. C'est un retour aux sources qui me dynamise. J'ai la pêche pour le reste de la journée, malgré les souvenirs qui reviennent toujours, fatalement. Quand la colère me submerge, j'imagine mon père en face de moi, ainsi que tous les individus qui m'ont manqué de respect par leur incivilité, et j'enchaîne les tirs les uns derrière les autres, jusqu'à vider un chargeur, et puis un autre.

Tu vois, papa, je ne démérite pas. Je pense même être meilleur tireur que toi. J'ai au moins gagné sur ce point.

Je suis satisfait, je me rends compte que je n'ai pas perdu la main. C'est bon signe. Je ressens une certaine fierté. J'ai le sourire. Je remballe et je retourne chez moi, apaisé.

À mon retour, à l'abri des regards, je nettoierai ce magnifique MR 73, qui me vient de toi et que tu couvais avec tant d'affection, avec toute la minutie qu'il est nécessaire de mettre en œuvre et qu'il mérite. Je le bichonnerai avec amour. Je sentirai ses effluves. Je le ferai briller et étinceler de mille feux. Je te remercie de m'avoir enseigné ce rituel. Je ne me lassais pas de t'observer et d'écouter tes éloges sur ce bijou à la valeur inestimable, ce compagnon fidèle, je garderai toujours une part de lui dans mes entrailles. Sans lui, je me sens nu et vide. Je ne suis rien. Finalement, je le rangerai dans son étui, bien à l'abri des regards indiscrets.

Jusqu'à la prochaine fois...

CHAPITRE XI

Je n'aime pas les hommes

— Patron, il faut que je vous voie.

— Du nouveau ?

— La première victime, l'ouvrier, avait lui aussi des soucis de communication et de comportement dans le cadre professionnel. Ce qui le rapproche des deux autres.

— Assez mince... Quoi d'autre ?

— Le labo a pu retrouver l'origine des produits anesthésiants pour le chien. Ils ont remonté la chaîne. On a enfin une piste avec le vétérinaire qui a acheté ces drogues. LUCAS et moi devons aller rendre une petite visite à ce médecin pour consulter ses registres. Nous devrions enfin connaître le nom de l'acheteur final.

— Pas si vite les gars. Il faut d'abord que j'obtienne une commission rogatoire. Mais étant donné l'empressement du procureur, je devrais l'avoir dans les mains rapidement. Voilà qui me plait enfin !

— Je savais que je vous redonnerais le sourire.

— Eh bien vous avez gagné. Enfin un espoir d'avoir une piste fiable.

— J'aurais besoin aussi de consulter les pièces à conviction des autres, des fois que l'on ait laissé passer un détail.

— J'appelle le juge d'instruction pour qu'il nous permette d'y accéder. Je vais vous accompagner.

— Au fait, votre petite visite au domicile de votre copine, ça a donné quoi ?

— Rien ! Je n'ai pas pu pénétrer à l'intérieur. Je voulais le faire discrètement, mais pas moyen. Un gardien se tient en permanence devant la porte.

— Ah oui ! C'est ballot !

— On ne se moque pas ROBERT.

— Moi ? Me moquer de vous Patron ? Mais vous n'y pensez pas ! Je vous respecte beaucoup trop.

— Alors dites-moi pourquoi j'ai un petit doute subitement ?

— Je n'en sais rien du tout, je ne suis pas dans votre tête.

— Oust ! Dehors ! Il me semble que vous avez du travail. De mon côté, je contacte le juge pour la commission rogatoire.

— Oui chef !

◆

— Madame la commissaire GUÉRIN ! C'est toujours un plaisir de vous entendre.

— Bonjour Monsieur le juge.

— Alors, quelles sont les avancées de votre enquête ? Avez-vous des éléments susceptibles de faire évoluer ces dossiers ?

— On cherche, Monsieur le juge, on cherche.

— Bien, j'en suis fort aise. C'est un début. Et qu'avez-vous trouvé ?

— Pour l'instant, peu de choses à mon grand regret. On piétine.

— Tout cela est bien fâcheux.

— Je vous l'accorde. Je sais que le procureur veut des résultats rapides, et sans doute que vous aussi fatalement.

— Tout à fait. Il faut absolument éviter un déferlement médiatique pouvant déclencher un vent de panique sur l'éventualité de l'existence d'un tueur en série.

— Mais quelle série ? Rien ne le prouve. Les modes opératoires sont bien clairement différents. Il n'y a aucune relation entre eux.

— Il faut donner du grain à moudre aux journalistes.

— Mais quel grain voulez-vous que l'on donne ? Nous n'avons rien à nous mettre sous la dent nous-mêmes.

— Il faudra calmer le jeu, rassurer ce monde-là sur le travail réalisé. Quelque chose de plausible pour les faire patienter. Quitte à bluffer. Encore une fois, il faut rassurer la population qui commence à ressentir un malaise. Je comptais d'ailleurs organiser une conférence de presse à ce sujet. J'avais espoir que vous m'accompagneriez.

— Mais enfin pour leur dire quoi ! C'est beaucoup trop tôt. Être là uniquement pour sauver les apparences et faire reluire le blason de l'administration, ce n'est pas mon truc. Nous cherchons d'arrache-pied toutes les pistes possibles, ainsi que les improbables. Le malaise est présent aussi chez les flics qui bossent Monsieur le juge. Alors ne me demandez pas de brosser la populace dans le sens du poil pour éviter de froisser certaines susceptibilités. Si le peuple angoisse, nous aussi !

— Je ne doute pas de la qualité de votre travail. Cependant, ce côté précis de la barrière importe peu au public. Il lui faut du concret.

— Dites plutôt qu'il vous le faut à VOUS, et au procureur. C'est votre image et votre crédibilité qui risquent d'en prendre un sacré coup.

— La vôtre aussi commissaire. N'oubliez pas que vous êtes un maillon de la chaîne, tout comme moi.

— Le divisionnaire et le procureur ne manquent pas de me le rappeler chaque jour. Merci.

— Je vois que nous nous comprenons.

— Si vous le dites. J'ai personnellement une autre opinion sur le sujet. Mais restons-en là pour le moment. J'aurai besoin d'une commission rogatoire pour consulter les pièces à conviction retenues par le greffe, ainsi que pour valider une visite qui s'impose chez un vétérinaire qui, selon mes hommes, aurait vendu les drogues qui ont été utilisées pour le dernier meurtre. Pouvez-vous me fournir ces autorisations s'il vous plait ?

— Avec grand plaisir. Il vous les faut pour quand ?

— Quand pouvez-vous les signer ?

— Dès maintenant si vous le souhaitez.

— Vous êtes très aimable.

— Je vous en prie, tout le plaisir est pour moi. Après toutes ces mondanités, il serait intéressant de connaître votre point de vue sur la question, puisque, à l'évidence, nous sommes à côté de la plaque.

— Il n'y a certes aucun point commun apparent dans ces trois affaires. Cependant, je note tout de même que nous n'avons pas à traquer un ou des débutants. Le perfectionnisme dans l'art d'effacer les traces est remarquable. Il n'y a, pour l'heure, aucune possibilité d'identification nulle part. Tout ce qui concorde, c'est la violence qui ressort des trois actes, là-dessus, je suis d'accord avec vous. En admettant que l'on soit réellement sur une seule piste, il y a un détail qui me chiffonne.

— Lequel ?

— Violence à l'égard du genre humain, mais principe de protection concernant l'espèce animale.

— C'est le troisième meurtre qui vous fait conclure cela ?

— À l'évidence oui. Le chien a été épargné, juste endormi à forte dose. Il voulait juste l'écarter, éviter qu'il lui mette des bâtons dans les roues pour s'en prendre au maître. Ce qui a laissé le champ libre au tireur pour aller au bout de ses actes. Cette action a été préméditée. L'agresseur savait où il mettait les pieds. Tout a été orchestré en amont. De même que, si nous avons affaire à un seul individu, je conclurais que l'ensemble de ces trois exactions a été prémédité et très bien organisé.

— La raison ?

— Aucune trace exploitable nulle part. Vous l'avez dit vous-même. Et s'il y en avait, elles ont été consciencieusement détruites.

— Je vous suis commissaire.

— J'irais jusqu'à dire, mais cela n'engage que moi dans l'immédiat, que nous devons poursuivre un professionnel dans l'art du tir et de la maîtrise des actes, et donc des émotions. Je pense qu'il doit avoir un fort potentiel de concentration. Voire de gestion du stress.

— Un tueur à gages ?

— Je ne pense pas, cela n'aurait aucun sens.

— Votre principe de réflexion me plaît beaucoup. Poursuivez vos investigations dans ce sens.

— On arrive à se comprendre après tout.

— J'ai toujours apprécié travailler avec votre service, malgré vos méthodes parfois à la limite de l'acceptable, voire discutables. Et je ne parle pas de votre fichu caractère. Cependant, vous êtes pragmatique et cela me convient parfaitement. J'attends la suite de vos conclusions.

— De mon côté, j'attends les commissions rogatoires signées de votre part. Ne les oubliez pas.

— Je vous les adresse dans les minutes qui suivent. Au plaisir commissaire.

Claude repose le combiné téléphonique. Elle a le sourire. Les choses vont enfin pouvoir se débloquer. Le juge d'instruction semble plutôt coopératif malgré son côté hautain qu'elle n'apprécie pas du tout. Chacun cherche à sauver la face, à sortir son épingle du jeu. Tout n'est question que de réputation, d'image et d'apparence.

Surtout faire en sorte que les médias ne se déchaînent pas sur la justice. Donc, l'intermédiaire sur lequel il faut frapper fort, c'est la police, encore et toujours.

Mais peu importe ce que les instances supérieures pensent d'elle et de son équipe, elle s'en fiche, assumant ses opinions. On lui reproche parfois des méthodes pas très catholiques. Mais quand les résultats sont obtenus, chacun sait fermer les yeux. Serait-ce de l'hypocrisie ? bien sûr que non voyons, il s'agit juste d'un échange de bons procédés et d'un principe de collaboration intelligente.

Elle quitte son bureau, satisfaite. Elle se dirige vers ses hommes sans cesse au front. Il faudra qu'elle pense à une gratification digne de ce nom. Elle leur résume les termes de son entretien avec le juge d'instruction devant un café à la cafétéria de la brigade, jus de chaussette à peu près acceptable et bien mérité.

L'équipe a le sourire, les mystères vont pouvoir s'éclaircir, enfin.

◆

Léonard

L'angoisse, insidieuse et tenace, voile noir ondulant et enveloppant des ténèbres, me prend à la gorge chaque soir. Un imbécile plante des aiguilles dans ma poitrine, il organise un concours de lancer de fléchettes, prenant mon cœur pour cible. Cet enfoiré se délecte de ma douleur qui me coupe le souffle.

Il est quatre heures du matin. Je sens les suées m'envahir. Je suis seul, et je dois avouer que cela ne me rassure pas. Ma quatrième vacation s'achève dans trois heures. Je dois tenir le coup. Quarante-huit heures d'intervention, il faut admettre que cela finit par peser lourdement sur le bonhomme. C'est juste la fatigue. Je me dis que cette sensation passera après avoir récupéré.

Dans le doute, je chope une boîte de bêtabloquants dans mon sac et j'avale un comprimé à la hâte, avec un reste de café. Mon toubib me dit depuis des mois que je devrais ralentir le rythme et la consommation d'excitant, en plus du reste. Mais sans cela, je ne tiens pas la barre. Je suis devenu accro à la caféine. Boire ce liquide noir est un automatisme, tout comme tirer sur mes injecteurs de goudron. Je suis sujet aux arythmies cardiaques depuis des années. Un jour viendra où j'aurai une attaque. Merci docteur pour ces encouragements. Je ne vais tout de même pas mourir en bonne santé, ce serait du gâchis. En attendant, vous payerez mes factures à ma place. Dans le cas contraire, j'ai la solution miracle.

Je dois tenir coûte que coûte, je n'ai pas le choix. Marche ou crève.

— Ça va Léo ? Tu es tout pâle.

— Oui t'inquiète ! Juste un peu de fatigue, c'est ma quatrième. Un peu de sommeil et ça ira mieux.

— Ouais quand même, faut pas charrier. Tes collègues n'en font pas autant.

— Sans doute que si.

— C'est toi qu'on voit le plus souvent, sans rire ! Viens bosser chez nous, tu seras pénard.

— Ça va se calmer, j'ai trois jours de repos. Bonne journée.

— À toi aussi Léo. Tiens bon ! Ciao !

Je rencontre parfois de bonnes âmes qui semblent s'inquiéter de mon sort, des esprits compatissants qui ne comprennent pas. Qu'ils se rassurent, moi non plus. J'encaisse depuis dix ans. Un jour, viendra la rupture... Peut-être... Pas maintenant.

L'équipe du matin est au complet. Je m'installe dans un coin de la cahute, au calme. Je respire de manière saccadée. La douleur s'est estompée. Plus que deux heures à tenir. Dernière ligne droite. Tu tiens le bon bout champion. Je vois passer le personnel d'entretien qui me salue d'un geste de la main au loin. Je réponds machinalement, sans conviction.

Je surveille de près les minutes qui s'écoulent trop lentement. Et si je partais maintenant ? La tenaille reprend du service. Le cœur serre. J'ai mal, donc je suis vivant. C'est positif. Les étoiles dansent devant mes yeux. Je tangue tel un navire en pleine tempête, me levant dans le but de récupérer ma tasse. Je l'échappe en me cramponnant à ce que je peux, en dépit du bon sens. Elle roule sur le linoléum crasseux, dans un bruit sourd, sans casser. Je sors respirer l'air frais de la fin de nuit.

Si j'appelle l'astreinte, pas sûr qu'ils envoient un autre agent. Ou certainement pas assez vite. Le temps de prendre en compte mon appel, de sonner les cloches au collègue pour qu'il quitte l'étreinte de sa couette, puis qu'il saute dans ses bottes, ce n'est pas gagné. Il n'habite pas tout près. Il lui faudra au moins trente minutes pour arriver. Bref, je peux y rester. Il est trop tard. Je laisse tomber.

Je ferme la barrière. Je m'autorise juste un petit somme, après avoir épongé mon miracle. Je vais me détendre un peu, après tout, c'est calme ici. Tout se déroule comme sur des roulettes.

◆

Six heures trente. Je n'ai rien vu. Je me suis encore endormi. Je vais finir par me faire virer. Serait-ce pire que de continuer à ce rythme de taré ? En mon for intérieur[12], j'en serais soulagé. Je leur tends le bâton pour me faire battre. De deux maux choisissons le moindre.

La relève se pointe. Je soupire de soulagement. Je vais pouvoir faire tomber la pression. La sortie... Enfin.

— Salut Léo ! Ça roule ?

— Salut ! Je vais dégager dans quinze minutes, alors tout va bien.

— Super pour toi. Qu'est-ce que t'as foutu, ta tasse est par terre. Sinon, quoi de neuf ?

— R.A.S.

— Pour une fois, ça change.

— Comme tu dis.

— Ça va toi ? t'es sûr ?

— Ouais, je suis naze.

— OK, t'en as fait combien là ? Trois ?

— Quatre.

— Ah merde ! Va dormir, je prends le relais.

— Tu ne vas pas le dire deux fois. Allez salut !

— Tu reviens quand ?

— Jamais !

— Dans tes rêves.

— Peut-être... Mes rêves, pour ce qu'ils sont...

Je ne m'étale pas davantage. Il ne comprendrait pas. Je me ferais passer pour un illuminé. Bien que côté lumière, je ne l'ai plus à tous les niveaux. C'est plutôt la pénombre. Un peu d'autodérision, cela évite aux autres de se charger de la critique acerbe dont ils sont coutumiers. Je m'en balance royalement. Je ne suis pas là pour leur plaire. Je ne suis pas marié avec la boîte. Je ramasse mon mug. Je prends mon sac, et je ne demande pas mon reste. Cela fait du bien de retourner chez soi.

Je m'installe au volant, je soupire, soulagé. Je mets le contact. Quel beau bruit que celui du moteur qui s'emballe. C'est le signe que je retourne au paradis. En route ! Morphée, mon amour le plus fidèle, m'attend de pied ferme. Je suis en totale plénitude. Je me sens béni des dieux. Ne m'oublie pas. Garde-moi une place bien au chaud, au creux de tes bras.

CHAPITRE XII

Au nom de Zeus

— Ouh là ! Ça ne va pas patron ?

— Pourquoi ROBERT ? J'ai l'air d'aller mal ?

— En général, quand vous commencez à sortir la boîte d'aspirine, ça chauffe grave là-haut.

— Mouais.

— J'allais me chercher un café, je vous en rapporte un ? Noir serré sans sucre comme d'hab ?

— Non, je vous accompagne, j'ai besoin de sortir de ce bureau. Je vais devenir claustrophobe. Pour la peine, c'est moi qui vous invite. Et puis tiens ! Appelez LUCAS aussi, c'est bien connu, plus on est de fous...

— Vous, ça ne va vraiment pas...

— Dieu le Père m'attend dans une heure et je ne sais toujours pas quoi lui dire.

— Effectivement.

— Toujours rien de neuf ?

— On ne trouve aucun lien, non, désolé pour vous.

— Ne le soyez pas. Vous bossez dur. Il va falloir que je plaide votre cause, et la mienne, auprès du grand chef sioux.

— Vous allez vous en sortir, on compte sur vous hein ? Sinon vous lui collerez ses plumes...

— Trop d'honneur, j'apprécie votre solidarité. Toujours le mot pour rire ! Ça détend un peu.

— Pas de quoi patron. Tout va bien se passer, vous allez lui démontrer que les choses avancent, un peu de baratin à votre sauce et basta.

— Ouais, sauf que cette fois, je me sens dépassée. Je ne vois pas la sortie du tunnel.

— Vous avez déjà géré bien pire que ça. C'est juste un coup de blues, rien de plus. J'ai confiance en vous.

— En attendant l'affrontement, je vais jeter un énième coup d'œil aux dossiers, en espérant avoir une étincelle de génie dans la demi-heure qui va suivre.

— Gare à la migraine ! Vous avez le stock d'aspirine ?

— Je vais arriver à gérer. Bon, vous porterez son café à votre collègue, il doit être surbooké. Je vous tiens au courant.

— Vous survivrez.

— Vous ne vous débarrasserez pas de moi aussi vite.

— Je l'espère bien.

◆

— Ah ! Entrez GUÉRIN.

— Bonjour Monsieur.

— Installez-vous je vous en prie. Comment allez-vous ?

— Pour l'instant très bien.

— Je vais être direct avec vous commissaire, et aller droit au but.

— Je vous en remercie.

— Votre avancée dans ce triple meurtre ? Où en êtes-vous ?

— Je vais être directe moi aussi, nous n'en sommes nulle part, ou du moins pas très loin.

— Vraiment ? Voilà qui est fâcheux.

— Je me doute oui, mes hommes sont sur le pied de guerre depuis des semaines, je ne vois pas comment les presser encore plus.

— Il me faut des résultats. J'ai le procureur sur le dos. Il faut absolument résoudre cette énigme au plus vite et trouver le coupable.

— LE coupable ou UN coupable, un quidam quelconque qui ne vous revient pas, histoire de faire taire la presse et d'obtenir la gratitude de la haute sphère ? On ne vous a jamais dit qu'il fallait se méfier du délit de faciès ? Rien ne dit d'ailleurs qu'il n'y ait qu'un seul agresseur.

— Je vous conseillerais de le prendre de moins haut.

— Sinon quoi ?

— J'apprécie la qualité de votre travail depuis des années ainsi que votre capacité à mener vos hommes. Vos compétences de leader ne sont plus à démontrer.

— Mais ?

— Mais je ne suis pas seul à décider de tout. Aujourd'hui, il me faut conclure au plus vite.

— Oui, eh bien, sinon quoi ?

— Je devrai vous amener à collaborer avec un profiler.

— Je préfère en sourire.

— Le procureur m'y enjoint fortement.

— Alors si le bon Dieu l'ordonne, exécutez Monsieur. Ne risquez surtout pas les foudres de Zeus.

— Je suis dans la merde jusqu'au cou à cause de vous GUÉRIN. Je limite la casse à chaque entretien en tâchant de faire patienter et en promettant des suites concrètes. Mais je ne pourrai pas indéfiniment vous soutenir. Il faut agir, et vite.

— Bravo, elle est belle la solidarité des supérieurs. Courage ! Fuyons !

— Calmez-vous, j'essaie d'arrondir les angles comme je peux.

— Et comment pourrais-je me calmer, dites-le-moi. Mes hommes bossent comme des forçats sur ces affaires, oubliant leur famille. Je sais que c'est l'inconvénient du métier, ceci n'exclut pas un minimum de compréhension et de soutien. Un peu d'empathie, que diable ! Je me creuse la cervelle, oui, parce que j'en ai une figurez-vous, plus de temps qu'il n'est humainement possible de le faire, retournant les événements dans tous les sens. Mes nuits sont exécrables. Comme vous, je souhaite sortir du tunnel. Comme vous, je ne demande qu'à trouver ce salopard qui doit bien rire dans notre dos, sans savoir s'il va encore frapper. Et, comme vous, je ne supporte plus l'immobilisme des choses et je souhaite plus que tout conduire celui qui a pris la vie de mon amie Mathilde à l'échafaud. Mais, et c'est sur ce point que je me différencie de vous, je me fous royalement de ce qu'exigent les grandes huiles qui pensent tout savoir mieux que nous, qui sommes sur le terrain, pendant qu'ils dorment tranquillement sur leurs deux oreilles, et qu'ils ne bougent pas un orteil de leur bureau luxueux, tranquilles et installés bien au chaud, à donner des ordres aux sous-fifres. Monsieur, nous sommes sur le front, à ne plus compter nos heures, quel que soit le contexte. Nous sommes des êtres humains, et un peu de reconnaissance pour notre investissement ne serait pas de refus. Les inspecteurs qui forment l'équipe que je dirige bossent, triment, grattent et retournent la boue pour satisfaire Zeus qui vous enjoint à avoir des résultats. Mais laissez-moi rire !

— Bravo, je vous applaudis ! Superbe tirade ! Ça y est ? Vous avez fini ?

— Ce n'est que le début Monsieur.

— Vous êtes un bon élément GUÉRIN, si ce n'est le meilleur de la brigade.

— Mais quoi ?

— Je ne voudrais pas en venir à me séparer de vos services pour un temps... indéterminé.

— C'est-à-dire ?

— Vous êtes émotionnellement trop impliquée, et, à l'évidence, vous avez beaucoup de mal à gérer cette charge mentale. Je vais devoir vous suspendre de vos fonctions temporairement, le temps que vous alliez vous mettre au vert.

— Vous vous moquez de moi ? C'est hors de question. Vous savez quoi ? Je vais vous le dire ! Si vous me retirez ces affaires, ils n'accepteront jamais de collaborer avec un autre que moi. Alors, vos résultats, vous allez vous asseoir bien lourdement dessus !

— Vous ne me laissez pas le choix ! Le procureur veut des réponses comme je vous l'ai dit, et moi aussi.

— Je me fous de ce que veut le procureur.

— Je m'inquiète pour vous.

— Vous êtes surtout inquiet pour votre carrière. Que vous a-t-il promis en échange de vos bons et loyaux services ? Enfin, des nôtres ?

— Je ne vous permets pas ! N'oubliez pas que la vôtre en dépend également.

— À vous de voir. Après tout, c'est vous le patron. Mais votre manège m'épuise et me révulse. Je préfère me retirer et arrêter là cette discussion. Je perds mon temps. J'ai mieux à faire.

— Vous oubliez que je suis votre supérieur. Modérez-vous GUÉRIN.

— Sinon vous m'écartez du terrain de jeu ? Alors, allez-y, signez ma mise à pied. J'ai envie de vacances. Entre nous, vous avez trop besoin de moi, vous ne le ferez jamais. Ce serait signer votre défaite. Vous ne supportez pas les échecs.

— Vous m'emmerdez sérieusement !

— Autant à votre service.

— Bon, arrêtons ces enfantillages qui ne mènent à rien. J'ai confiance en vous, mais depuis quelque temps, je ne vous reconnais plus. Qu'est-ce qui se passe enfin ? Je vous ai connue plus incisive, plus mordante. Je me refuse à croire que, parce qu'une de vos amies compte parmi les victimes, vous ne puissiez plus gérer la situation. Vous avez connu bien pire. Cette situation devrait au contraire vous stimuler.

— Si vous y tenez... La dernière affaire du routier...

— Qu'est-ce qui vous perturbe ? Le chien ?

— Ne riez pas, le pauvre, Il a juste été shooté. Non, c'est le résultat de la balistique qui m'interpelle... Calibre 357 Magnum...

— Hum... Que craignez-vous ? Vous pensez qu'il peut s'agir de quelqu'un de la Maison ?

— Peut-être.

— Des soupçons en particulier ?

— C'est ce qui m'inquiète en effet. J'ai mon idée. Je préfère ne rien dire tant que je n'en suis pas certaine. Je ressens un malaise à soupçonner un flic. On vit tous dans le même panier de crabes. Autant saborder le navire et se flinguer tout de suite.

— Dans ce cas, on transmet le dossier à l'I.G.P.N.

— Ce serait précipiter les choses, l'agresseur n'est toujours pas identifié. L'arme a peut-être été achetée au marché noir, sur internet. Que sais-je encore ? Non, trop de flou pour déclencher les hostilités. Et puis, dans ce cas, les bœufs-carotte ne devraient pas être concernés il me semble.

— Très bien... Le profiler ?

— Pas maintenant, j'ai mon idée.

— Ma porte est ouverte, ne l'oubliez pas.

— Je n'oublie pas votre avancée de carrière.

— Ni la vôtre, commissaire, ni la vôtre. Tenez-moi informé dès qu'il y a du nouveau.

— Comme d'habitude.

— Mieux que d'habitude.

— Si vous y tenez... Je vous prie de m'excuser, nous avons du pain sur la planche, mes hommes m'attendent.

◆

Léonard

L'étau se resserre un peu plus chaque jour. La corde se noue autour de mon cou. Sensation étrange d'excitation, de trac, avant un événement dont l'issue imminente me sera fatale. Le soulagement qu'enfin la vérité éclate à la face du monde. Mais quelle est-elle cette vérité ? Atmosphère glauque et oppressante.

J'ai un pressentiment, un sixième sens me préparant à un changement radical intervenant dans ma vie. Je débloque, une fois de plus.

Ce que je prends pour de la folie, m'apparaît parfois si palpable que je préfère m'envelopper d'une bulle aseptisée, imaginaire. Je suis assis au bord de mon lit. Claudie est venue frapper à ma porte cette nuit. En suis-je conscient, l'ai-je vécu ? Je suis convaincu d'avoir subi un interrogatoire.

Cette fois mon gars, c'est cuit. *Alea jacta est*[13]. Je resterai digne, la tête haute, tel le grand César s'adressant aux centurions et à ses armées de légionnaires. Je redescends de mon trône et je retire ma couronne de laurier. Ma tête va tomber, incessamment sous peu.

Je me lève. Une douche me remettra les idées en place. Je perçois des effluves appétissants de pain grillé et de café. J'entends le bruit d'une chaise que l'on repousse, d'une porte de placard que l'on ferme.

Je réalise que je ne suis pas seul ce matin. Mon cerveau se reconnecte au quotidien, à la vie qui suit son cours.

Je descends rejoindre Maria, emmitouflé dans un peignoir de bain. J'ai la flemme de me raser et de m'habiller. Je verrai plus tard.

— Coucou comment ça va ? Bien dormi ?

— Si on veut.

— Sers-toi pendant que c'est chaud.

Je remplis un bol de café fumant posé devant moi et repose le récipient.

— Viens t'asseoir ma belle. Je voudrais te poser une question. Et je te demande de me répondre franchement.

— Je t'écoute ?

— Le chambardement de cette nuit n'a pas été agréable pour toi j'imagine.

— Hein ? De quoi tu parles ?

— Claudie, elle est venue m'interroger.

— Ah bon ? Tu es sérieux ?

— Vers deux heures, tu ne t'es pas réveillée ?

— Tu es sûr que tout va bien ? Et elle t'aurait posé quel genre de question ?

— Savoir ce que je savais sur une série de meurtres. Connaître mes emplois du temps. Savoir si j'avais un alibi pour chacun d'eux.

— À deux heures du matin ?

— Je viens de te le dire.

— Je croyais que ça se pratiquait uniquement en journée ces trucs-là. Qu'est-ce que tu as pris hier soir ?

— Tu ne me prends pas au sérieux. Laisse tomber.

Je ne desserre plus les dents durant tout le repas. Je me sens blessé, extrêmement vexé. Elle aussi me prend pour un demeuré. Dans le fond, je me rassure en me disant qu'elle n'a aucune conscience du détraqué que je suis. Cela vaut mieux. Je la plains de partager ma vie.

Et si j'avais effectivement bien supprimé toutes ces personnes ? Peut-être que je souffre d'un dédoublement de personnalité ? Peut-être que je suis somnambule et que j'agis en transe absolue, dans un état hypnotique. Je serais donc irresponsable de mes actes.

Je vais m'en convaincre. Je ne suis pas responsable. Je suis I.N.N.O.C.E.N.T. Je n'ai tué personne. Claudie doit se tromper de suspect. Elle n'a pas le droit de m'accuser. Pas elle...

◆

Maria

Je dois avouer que je n'ai pas tout compris. Je devais évoluer dans la quatrième dimension. Dans quel monde vit-il parfois ?

A-t-il franchi le portail de l'espace temporel? Les rêves peuvent être si puissants qu'ils donnent la curieuse impression de vivre dans la réalité. Le réveil, cet état d'hypnagogie, semi-conscience entre veille et sommeil durant laquelle nous flottons entre deux mondes, est déstabilisant.

Je l'ai piqué au vif ce matin, je le sais, je l'ai senti. Devrais-je entrer dans son jeu et l'induire en erreur un peu plus chaque jour? Pas très ragoutant comme solution.

Je l'observe, je l'écoute au mieux. J'admets que, à certains moments, j'ai envie de rire jaune. Je ne sais plus vraiment qui il est. Je devrais me fier en toute confiance à mon instinct et prendre mes jambes à mon cou, sans réfléchir. Mais je ne m'y résous pas. L'adage populaire nous enseigne que l'amour a ses raisons que la raison ignore. Sans doute... Quelles sont les miennes?

CHAPITRE XIII

Vade Retro Satana

— Vous êtes dispo ? Faut que je vous parle d'un flash qu'on a eu, LUCAS et moi.

— Entrez ROBERT, avec plaisir, toute idée est bonne à prendre. Dites-moi tout.

— Voilà... On pense avoir trouvé une similitude entre deux de ces trois affaires.

— Qui est ?

— Le lieu de présence des victimes, quelques heures avant les agressions.

— Ah oui ?

— C'est l'usine patron. Gérard ANTOINE travaillait la journée précédente, et le routier venait effectuer une livraison juste avant également.

— Admettons... Et Mathilde ? Il manque Mathilde dans ce puzzle.

— C'est le bémol. Vous n'avez pas récupéré d'agenda ou je ne sais quoi du genre ?

— Non, j'ai fait chou blanc. Je vais retourner voir sa fille. Elle va me détester à coup sûr à force d'insister.

— Elle comprendra que c'est pour la bonne cause.

— Amen.

— Mauvaise humeur patron ?

— Je viens d'avoir un complément d'information sur le vétérinaire. Ça ne me plait pas.

— Vous développez ?

— Il semble qu'il ait revendu les doses, non pas à un professionnel, mais à un particulier.

— Ça coince déjà.

— Ce n'est pas tout.

— Vous me faites languir là.

— Le particulier en question est tireur averti, loin d'être un amateur.

— Ça confirme au moins ce que tout le monde pensait.

— Ça confirme.

— Mais ça cloche ? Vous avez son identité du coup et ça vous chagrine ?

— Exactement.

— On peut savoir de qui il s'agit ?

— Léo.

— Ah merde !

— C'est le mot approprié oui... On est dedans jusqu'au cou, surtout moi.

— Et, vous pensez faire quoi maintenant ?

— Rien.

— Hein ?

— Pour l'instant, je vais attendre d'en savoir un peu plus sur le reste.

— Patron, il pétait un câble ces derniers temps. Sauf votre respect, je ne l'ai jamais senti bien net.

— Oui, mais de là...

— Je comprends... Ça va aller ?

— J'attends la confirmation pour l'arme du crime. Si les deux informations concordent et qu'il a eu un mobile sérieux, je m'inclinerai.

— Je croise les doigts pour vous. Pourquoi attendre ? La vente des drogues par le véto ne laisse pas de doute possible.

— J'espère tomber sur un grain de sable qui enrayera toute la machine. Que ferais-je sans mon équipe de super enquêteurs...

— On va se serrer les coudes, on ne lâchera pas.

— Je vous demanderai juste de ne parler à personne de ce que je viens de vous dire... Tant que je ne suis sûre de rien. Je ne peux pas le laisser tomber sous le coup de la vindicte populaire. Un ancien flic qui franchit la ligne, ce sera, à coup sûr, le scoop à ne surtout pas laisser passer. La presse ferait son beurre avec cette histoire et le descendrait en flèche sans aucune hésitation. Ce serait le condamner à mort avant tout procès. Sans compter que cela ne servirait pas nos affaires. J'entends le procureur et ma hiérarchie d'ici.

— Présomption d'innocence...

— Toujours.

— Pas de souci, comptez sur ma discrétion.

— Je n'en attendais pas moins.

◆

Claude

Voilà Léo, tu as officiellement réussi à semer la pagaille. Bravo, il fallait bien que tu te fasses remarquer, une fois de plus. Mais à ce point, j'avoue que tu as fait fort. Après tout ce temps, j'espérais que tu te ferais un peu oublier.

Pourquoi tu m'as fait ça, à moi ? Qu'est-ce qui cloche chez toi encore aujourd'hui ? Que cherches-tu à prouver ?

Tu m'as mise dans une panade sans nom. Comment pourrai-je te disculper, alors que tous les indices semblent concorder vers toi. Pour la première fois de ta vie, j'ose espérer que tu ne m'as pas roulée dans la farine. Trop criant pour être vrai ? Conclusion trop facile ? Je croise les doigts, sincèrement, pour que les choses évoluent et me fassent changer de direction.

Je me voile la face, je renie toute évidence te mettant en première ligne de ce carnage. Tu m'as toujours gâché la vie, pourquoi faut-il que je n'aie jamais la paix avec toi ?

Vade retro Satana[14] ! C'est à croire que le diable a pris possession de ton corps et de ton esprit. Où sont passées toutes ces années de complicité durant lesquelles, seuls, toi et moi sur le terrain, nous pourchassions le contrevenant, tels des chats guettant une souris devant son trou.

Je revois nos moments de fous rires, nos engueulades, forcément, nos réconciliations aussi. J'ai la gorge serrée chaque fois que je rembobine le film dans ma tête. Je me surprends à retenir mes larmes. Me manquerais-tu ? Nous nous sommes aimés, mal, mais passionnément, à nous détruire.

J'ai peur de l'inévitable, de l'échéance fatale qui m'obligerait à te passer les menottes. Il ne me plaît pas de mettre au cachot un frère d'armes. Rassure-moi, donne-moi un alibi qui tienne la route, prouve-moi que tu n'y es pour rien dans tout ce gâchis.

Je garde en moi mes doutes et mes peurs. Pour combien de temps encore vais-je pouvoir te sauver la mise par mon silence. Je suis tiraillée par mon devoir et ma conscience. Drôle de jeu de yoyo. Et quand je devrai me prononcer, comment cela se passera-t-il ?

Tu ne me facilites vraiment pas la tâche. Mais, venant de toi, aurais-je dû m'attendre à autre chose ? Qui aime bien châtie bien... M'aimes-tu encore Léonard le Conquérant... Ce sobriquet a déjà de la bouteille. Je me rappelle le jour où je te l'ai donné. Je souris.

Autre époque... Autre temps révolu... Dorénavant, je me dois de penser au présent...

◆

Léonard

Claudie revient à la charge. Elle est venue pour m'arrêter, elle n'est pas seule cette fois. Il faut du renfort pour venir à bout de ce dégénéré que je suis. On ne sait jamais, des fois que je devienne totalement irrationnel et incontrôlable.

Bizarre de se retrouver de l'autre côté de la barrière. La ligne est franchie, tant pis pour moi. Bizarre aussi de se voir appréhender par ses anciens collègues, dirigés par une femme que l'on a serrée dans ses bras, et aimée dans son lit, mal, mais à la folie.

Je me résous à ouvrir, tant le bruit des coups portés contre la porte risquent d'ameuter tout le quartier. Je me résigne à me lever, conscient de ce qui m'attend.

«Salut Léo, tu es en état d'arrestation, tu as le droit de garder le silence, tout ce que tu diras pourra être retenu contre toi. Si tu le souhaites, appelle ton avocat. Si tu n'en as pas, il t'en sera commis un d'office...».

Voilà, le baratin officiel que je connais par cœur, pour l'avoir tant de fois rabâché. «As-tu compris tout ce que l'on vient de te dire Léo ? As-tu compris tes droits ? » Oui, j'ai très bien compris. Je demande un peu d'indulgence, juste quelques minutes, le temps de m'habiller. Je remonte dans la chambre. Il faut aussi que je prévienne Maria. Comment lui dire...

Claude insiste et me demande un instant. Ce n'est pas tout. Elle a un mandat de perquisition. Elle cherche une arme, un sept millimètres. À moins de vouloir coopérer sans encombre, elle va être obligée de la chercher elle-même.

Je soupire. À quoi bon jouer au petit soldat, mon compte est déjà réglé. Je suis de bonne foi. Après tout, il faut que cet imbroglio cesse.

◆

Maria

Léo serait-il somnambule ? Il est deux heures du matin. Je suis descendue dans la cuisine pour me servir un verre d'eau. Je suis surprise par sa présence devant la porte d'entrée, immobile.

Il parle, mais à qui ? Je le regarde, je l'écoute. Il ne prend pas en compte que je suis là, près de lui, à l'observer.

Il veut aller s'habiller, il demande un peu de temps pour se rendre présentable. Il veut me parler aussi. Que va-t-il me dire ? Il semble soucieux, il a l'air grave et résigné, comme s'il s'agissait d'une évidence à l'issue inéluctable.

Il se dirige vers un placard. Il exerce une pression sur le battant coulissant afin d'en libérer l'accès. Je découvre un coffre métallique, à ma grande stupéfaction. Il compose un code sur le clavier digital en façade. Un déclic se fait entendre à l'ouverture. Il en sort un étui noir, duquel il extirpe une arme. Elle étincelle à la lumière artificielle de la pièce.

Puis il redescend. Il parle à Claude, il lui demande de comprendre, d'attendre un peu. Que vient-elle faire dans son esprit à cette heure avancée de la nuit ? Rêve-t-il éveillé ?

Il lui vient à l'idée de rebrousser chemin. Je le suis dans l'escalier, jusqu'à la chambre. Mécaniquement, il saisit ses vêtements et les revêt, lentement. Il repart, tel un automate, brandit son revolver, ouvre la porte. Il s'immobilise brusquement, sur le palier, à l'extérieur, dans l'air frais de la nuit, après avoir fait quelques pas.

Je ne sais plus que penser ni que faire. Que va-t-il se passer ? Je songe à l'irréparable. Curieusement, je n'arrive plus à bouger. Je reste plantée là, à espérer que le drame ne se déroule pas. Il me regarde, sursaute comme soudainement éveillé.

— Qu'est-ce que je fais là ? Et toi ? C'est quoi ce jeu débile ?

— Viens au chaud, tu trembles, tu as froid.

— Mais qu'est-ce qui se passe Maria ? Qu'est-ce qu'on fait là ? Et pourquoi j'ai ce truc dans la main ?

— Rentre je te dis, ne reste pas dehors.

— Je ne comprends rien. Explique-moi ! je suis habillé ? Je suis fagoté comme l'as de pique.

— Tu voulais partir.

— Hein ? Tu déconnes !

— J'en ai l'air ?

— Non... Mais pour aller où ?

— Tu devais me le dire. Tu vas commencer par ranger ce truc dont tu ne m'as jamais informée. Tu caches quoi d'autre dans ce coffre ? Tu as toujours ton arme ? Tu m'as toujours affirmé que tu avais rendu tout cet attirail en démissionnant... Tu semblais vouloir suivre Claude.

— Je voulais le faire, crois-moi, il y a quelque temps, avec les balles. Mais j'y tiens, tu comprends ? C'est à mon père ça ! je n'ai pas le cœur à m'en séparer, ça peut servir. Claudie ? À cette heure-là ?

— Je ne ris pas Léo. Tu disais que tu devais me parler aussi. Que voulais-tu me dire ?

— On nage en plein délire !

— Tu veux boire quelque chose de chaud ? Je prendrais bien un thé moi.

— Oui, un café, pourquoi pas.

— Un café ? Au point où on en est, la nuit est faite.

— Sinon un whisky !

— Je te fais un café... Et on parle.

— Demain.

— Maintenant.

— Dis-moi franchement Maria, crois-tu que je sois capable de tuer ?

— Je ne sais pas.

— Super, merci pour la confiance.

— Les apparences sont contre toi il me semble. Je te rappelle que tu es sorti dans la rue, en pleine nuit, avec une arme à feu à la main ! Donc, oui, excuse-moi, je ne sais plus quoi penser. Que vient faire ton père dans cette histoire ? Et toi, ta confiance, elle en est où ? Qu'est-ce qui se passe avec Claude ?

— Absolument rien. Elle venait me chercher pour me placer en garde à vue. Pour mon père, trop long à t'expliquer.

— À deux heures du matin !

— Tu vois, ça ne sert à rien que je te parle. Tu me prends pour un demeuré.

— OK je te crois ! Et pourquoi Claude devait te mettre en garde à vue à une heure pareille ?

— Elle me soupçonne de deux meurtres.

— Ah ! Rien que ça ? Et quoi d'autre ?

— Oh Maria ! Je ne sais plus où j'en suis ! Tu crois que je l'ai fait hein ?

— Ce que je crois, c'est que tu as grand besoin de dormir. Tu vas déjà commencer par ranger ce machin-là. J'en ai froid dans le dos à te voir avec ça.

— Ne t'inquiète pas, ma rose. Je ne le range jamais chargé. Mais je pense que je devrais me faire une raison.

— Pourquoi ?

— Les imbéciles changent parfois d'avis aussi.

— À d'autres, Léonard, pourquoi voudrais-tu t'en débarrasser ?

— Parce que je la garde pour de mauvaises raisons.

— Lesquelles ?

— J'ai peur de ce que je suis capable de faire contre moi, contre les autres. Et tu sais quoi ? Je ne voudrais pas être à ta place. Je te plains.

— De quoi ?

— De vouloir rester avec moi et de la vie que je te fais mener. Rien ne t'y oblige. Tu es un oiseau libre de t'envoler où bon te semble. Reprends ta liberté.

— Ça recommence. Je ne sais pas pour toi, mais moi, je retourne au lit. Je suis gelée. On en reparle plus tard.

Nous nous levons et remontons nous coucher. Léonard se love contre moi. Je caresse ses cheveux, son visage. J'essaie d'apaiser son inquiétude envahissante, en souhaitant la faire mienne, ainsi le libérer de ses chaînes. Je perçois une sensation d'humidité sur ses joues. Je refuse l'idée que mes yeux se laissent aller à exprimer leur tristesse. Mon amour sanglote en silence. Je l'accompagne sans mots dire malgré moi. Il finit par s'endormir sur mon épaule.

Il est quatre heures du matin.

CHAPITRE XIV

Prise de conscience

Claude

Je me rends au domicile de la fille de feue mon amie Mathilde pour la énième fois. Je frappe et j'attends quelques instants. Un chat miaule et se frotte à mes jambes. Il espère, lui aussi, que la porte finisse par lui permettre l'accès à sa gamelle.

Elle ouvre au bout de quelques minutes. Le félin en profite pour se faufiler rapidement et souplement à l'intérieur. Elle me toise, puis consent à me laisser entrer.

— J'espère que vous allez enfin m'annoncer que l'agresseur a été arrêté.

— Malheureusement, non, pas encore.

— Alors vous n'avez rien à faire chez moi.

— Il n'est pas identifié mais on avance. J'ai besoin de toi pour aller plus vite.

— Décidément ! Ça va durer combien de temps cette histoire ?

— Je ne sais pas, mais beaucoup moins longtemps si tu veux nous aider.

— Et il faut que je vous dise quoi ?

— Je n'ai pas retrouvé d'agenda ou quelque chose de semblable. Sais-tu si ta mère avait des rendez-vous ce jour-là ? T'a-t-elle parlé d'un problème en particulier ?

— Non, rien du tout, elle n'avait rien de prévu.

— Réfléchis avant de répondre trop vite.

— Que des bricoles sans importance.

— C'est à moi d'en décider. Dis toujours.

— Comme tout le monde, les courses de la semaine, sans plus.

— Tu en es certaine ? Vraiment rien d'autre ?

— Juste qu'en fin de journée, elle est allée déposer un courrier à la boîte où elle travaillait pour l'association des retraités. Elle avait oublié de régler sa cotisation. Comme je vous le disais, rien d'extraordinaire. Apparemment, elle était en rogne contre le type de la sécurité qui lui a fait perdre son temps. Elle était très agitée à son retour.

— Et pourquoi donc ?

— Une histoire de parking je crois.

— Elle t'a dit qui était le gardien en question ?

— Non. Mais, je la cite « un trou du cul qui mériterait une bonne correction ! ». Je n'ai rien d'autre, pas terrible hein ?

— Détrompe-toi tu m'as été d'un grand secours.

— Pour si peu ? Si vous le dites ! Tant mieux alors.

— Oui, tu m'as fourni un détail important. Merci beaucoup. Je te tiens informée dès que nous avons identifié le salopard qui a fait ça.

— Oui, bien sûr. Je ne vis plus que pour que justice soit rendue à ma mère.

Je prends congé, satisfaite, et je repars directement en direction du commissariat. Le dossier avance. À pas de géant, enfin presque.

Je me gare rapidement sur mon emplacement de parking et pénètre dans le bâtiment de police. Je hèle ROBERT qui me rejoint dans mon bureau.

— J'ai le dénominateur commun entre nos trois victimes.

— Ah oui ? Lequel ?

— Le site industriel ROBERT, tout simplement. Vous aviez trouvé le point de départ pour deux d'entre elles. J'ai le plaisir de vous informer que je détiens le troisième.

— Comment ça ?

— L'ouvrier, Gérard ANTOINE, y était salarié. Le routier y est venu livrer, donc travailler. Et Mathilde y est passée pour déposer un courrier à l'intention de l'association des retraités. Elle y a travaillé tant d'années que cette usine était devenue sa seconde maison. De plus, elle a eu un accrochage avec le vigile.

— Donc on creuse là-bas ?

— Et au plus vite. On demande une commission rogatoire pour interroger tout ce monde-là, à commencer par le directeur. Et pour la balistique, le labo a pu remonter jusqu'à l'armurier qui a vendu ces munitions ?

— Pas encore.

— Ça traîne, il faut les secouer.

— Je vais gérer. On va y arriver patron.

— Je prends en charge. Vous vous occupez du site avec LUCAS. On ne lâche rien. Vous êtes les meilleurs les gars.

— Carpe Diem...

— Mieux que ça ! Il faut provoquer ce foutu destin qui nous fait des niches depuis le début. On va remuer la boue à partir de maintenant.

— C'est parti ! Là, je vous retrouve patron.

J'appelle le labo, je dois avoir une explication avec l'expert en charge de ce dossier. Je lui ai personnellement déposé l'arme de Léo qu'il est venu spontanément restituer, ainsi que sa réserve de munition. Je ne suis pas fière de ce que j'ai fait. Il est des moments où l'on doit se poser les bonnes questions, même si les réponses font mal...

◆

— Ah commissaire ! Bien le bonjour ! C'est toujours un plaisir d'avoir votre compagnie.

— Salut. J'avoue que, pour une fois, je me passerais volontiers de cette visite.

— Quel dommage, j'étais persuadé que nous avions des atomes crochus, vous et moi.

— Je n'irai pas jusque-là.

— En quoi puis-je vous être utile ?

— Vos études balistiques pour le meurtre du routier étranger. Vous avez eu le temps de voir avec l'arme que je vous ai apportée ?

— Ah oui ! J'ai développé plusieurs techniques d'analyse qu'il faut que je vous explique. J'ai procédé à une recherche de caractéristiques pouvant mener à un processus d'identification de l'arme correspondant à cette seule et unique balle. J'ai tenté, dans un premier temps, d'évaluer les caractéristiques de classe entrant dans le processus de fabrication. Elles permettent généralement de connaître la marque de l'arme par le sens des rayures et le nombre de champs repérés sur le projectile.

J'ai ensuite tenté une approche par l'étude des caractéristiques de sous-classe. Processus relatifs à la fabrication, mais de manière plus restreinte. Il faut savoir que les outils sont utilisés pour une cinquantaine, voire une centaine d'armes fabriquées, avant d'être à nouveau aiguisés ou jetés.

Ce que vous devez également savoir commissaire, c'est que les procédés d'élaboration comme le brochage[15], l'olivage[16] et le martelage peuvent entraîner des différences sur les armes fabriquées à cause de l'usure desdits outils, parce que cela génère un enlèvement de métal.

Je me suis ensuite intéressé aux caractéristiques individuelles. Ce que l'on distingue, dans notre jargon, par «caractéristiques acquises». Comme tout matériel quel qu'il soit, une arme s'use avec le temps et le nombre d'utilisations. Donc, ces détails évoluent. Mais ce qui est le plus passionnant, je dois l'avouer, c'est justement ce vieillissement, car il permet réellement d'identifier une arme.

Un autre détail qu'il faut préciser, c'est que les projectiles chemisés acier, comme c'est le cas ici, vont avoir une influence sur son usure.

Cependant, il faut reconnaitre ce point tout à l'honneur du propriétaire, l'entretien a été parfaitement bien exécuté. Ce doit être un perfectionniste.

— Bon c'est bien joli tout ce topo, mais vous en êtes où exactement dans vos conclusions ?

— J'y arrive commissaire. J'ai découvert un petit défaut, à savoir que j'ai retrouvé des traces de rabotage sur ce revolver. Je les ai également observées sur le sommet du projectile, et ceci a été confirmé lors de nos essais.

— Cela signifie ?

— Qu'il y a un mauvais alignement du barillet et du canon. Cette arme est, selon moi, l'arme du crime. Tous les éléments concordent.

— Vous en êtes certain ? Il n'y a aucun doute ? Peut-être devriez-vous revérifier vos données ? Faire d'autres recherches ? Les empreintes ?

— Commissaire, cela fait bientôt vingt ans que je pratique, et des aberrations, j'en ai vu. Comme je vous l'ai dit, l'entretien est parfaitement réalisé. L'état est parfait. Il n'y a rien à en tirer de plus. Dans ce cas de figure, je suis catégorique. Je rédigerai mon rapport en ces termes. Je vous le répète, il s'agit bien de l'arme du crime.

— Bien... Merci pour tout, c'est du bon boulot.

— Mais ?

— J'aurais préféré que vous me disiez l'inverse et qu'on reparte dans une autre direction.

— J'en suis désolé.

— Il ne faut pas. Je vous ai demandé un avis objectif. Je l'ai eu. C'est comme ça.

Je sors de l'institut de recherche de la police scientifique. Je dois maintenant mettre des mots sur mes impressions, mes pressentiments. Malgré tout, je continue à douter. Je souhaite, non, je VEUX que Léonard n'ait pas utilisé cette arme. Cette conclusion est trop rapide, trop hâtive.

Il faut absolument que quelqu'un d'autre ait appuyé sur la détente. Oui, il le faut... Au pire, il n'aura qu'un rôle secondaire dans cette histoire.

Je me félicite d'avoir fait le chemin à pied, la marche me fera le plus grand bien et me permettra de réfléchir, de mettre de l'ordre dans mes idées. Mon cerveau est en ébullition.

Il est absolument inconcevable que les événements se déroulent tel que j'ai peur de le comprendre.

◆

— On a du nouveau patron. Mais ça ne va pas vous plaire du tout.

— Au point où j'en suis...

— Ça ne va pas fort ? Vous nous dites ?

— À vous l'honneur, je vous écoute.

— Alors, le directeur a tout d'abord été contrarié à l'idée qu'on mette notre nez dans sa boîte. Finalement, il a fini par comprendre que sa sécurité était également en jeu. Il nous a mis en relation avec le responsable du service sûreté. Ledit responsable nous a affirmé que, concernant ces trois journées, il y avait un seul et même agent de sécurité.

— Crachez votre valda[17] ROBERT !

— C'est Léo patron.

— ...

— Heu... Tout va bien ?

— Non, bien sûr que non, rien ne va. Oui, il était de service ces trois jours-là, mais qu'est-ce que ça prouve hein ? Ça ne prouve absolument rien. Il était de service, voilà tout. Dans les faits, il était juste présent ces jours-là, restons sur les faits, ROBERT. N'extrapolez pas.

— Je comprends que vous soyez contrariée.

— Je ne suis pas contrariée, je suis furieuse, dégoutée, excédée que tous les points concordent vers lui... Il doit bien y avoir une faille. C'est trop facile, trop évident. Mais bon Dieu, il doit bien y avoir un loup quelque part.

— Bah oui, peut-être.

— Je me refuse à me fier aux uniques apparences.

— Et au labo ? Quelles conclusions ?

— Vous devez vous en douter. Léo, encore et toujours Léo. L'achat des drogues, les résultats de la balistique. Ce troisième crime le pointe du doigt sans équivoques.

— On a ses empreintes ?

— Rien de ce côté. Le ménage a été fait consciencieusement. Fidèle à lui-même, la précision dans ses extrêmes.

— Faut toujours espérer.

— Son arme a tout de même servi. Il ne sera pas tout blanc non plus.

— Peut-être une main courante, une plainte pour vol, une déclaration de perte ?

— Ne me faites pas rire. Vous le connaissez aussi bien que moi. Il est trop exigeant avec lui-même pour la perdre, et encore moins pour se la laisser voler. Ce calibre a une valeur inestimable pour lui. C'est moi qui l'ai récupérée.

— Ah !

— Ouais !

— On est vraiment dans la merde alors.

— On dirait. Ça commence à puer sérieusement.

◆

Léonard

J'ai enfin pris une grande décision. Une prise de conscience m'a conduit à effectuer un acte que je jugeais inacceptable jusqu'alors. Ce geste m'a remué les tripes, a remis en question bien des points de mon existence.

J'ai fait un cauchemar de plus. Plus marquant, plus insoutenable, plus déstabilisant encore. Mes repères s'écroulent, mes convictions s'ébranlent. Suis-je capable d'attenter à la vie d'autrui ? J'en suis convaincu, mais pourrai-je le faire de sang-froid ?

Suis-je un voyageur navigant sur un océan déchaîné appartenant à un monde parallèle, avec des règles et des lois identiques à celui dans lequel je suis censé vivre ? Suis-je foncièrement sur la voie de la déraison ?

J'ai ouvert les yeux, un matin comme tant d'autres, et pourtant si différent. Je me suis dit qu'il fallait agir, qu'il fallait que je remédie à ces doutes. Alors, je me suis jeté dans la fosse aux lions. Comme un aveu sous-entendu, sans toutefois avouer franchement.

J'ai sorti mon revolver de son étui, bien rangé dans le coffre. Je me suis installé à la table de la cuisine, je l'ai admiré, pour la dernière fois. Je l'ai briqué, respiré, senti dans mes entrailles. Il fallait que je le palpe, que je perçoive sa froideur métallique si familière sur ma peau. J'ai passé un dernier coup de chiffon, lentement, j'ai effacé les dernières traces.

Je suis ensuite allé récupérer les munitions entreposées à l'écart, dans un coin du garage. J'ai rassemblé le tout, et, dans un dernier élan de courage, je suis parti, sans plus me poser de questions. C'était à ce moment précis, ou jamais. Ne surtout pas faire machine arrière.

J'ai agi ce jour-là, comme je ne me suis jamais senti capable de le faire. Je revois le regard de Claudie, ne sachant que dire ou que penser. J'ai eu droit à un interrogatoire sur mes capacités mentales, Je lui ai certifié que, contrairement à ce qu'elle pourrait croire, je me sentais libéré, soulagé de tourner une page de cette histoire de fou à laquelle je ne comprenais absolument plus rien. Quand j'y réfléchis, elle n'a absolument rien compris non plus à mon baratin de détraqué.

Après des mois d'errance dans les limbes flous et inextricables de mon esprit, je me suis défait de mon arme, celle par laquelle la main de mon père n'a pas sauvé la vie de ma mère. Celle par laquelle ma déchéance s'accentue de jour en jour.

J'ai marché, longtemps, dans les rues, sans but. Je ne pouvais plus reculer. Les rouages allaient se débloquer, s'emballer, la machine judiciaire allait se déchaîner. Je serai mis en pâture aux fauves, je serai jeté au centre du cirque des gladiateurs.

Je suis devenu un automate, un robot programmé. Mes pas m'ont entraîné dans des lieux et places que j'avais oubliés. Des rencontres, des visages, symboles d'une autre vie, me sont revenus en mémoire.

Un corps de ferme abandonné, un entrepôt désaffecté, une voix, un rire...

— Tiens ! Les poulets sont de sortie on dirait ! C'est bien de prendre l'air, hein mon pote ? Mais dis-moi juste une chose, les poulets, ça craint la grippe aviaire non ? Qu'est-ce que tu viens chercher ? Un antidote ? Ou... De quoi te détendre un peu ? J'ai toujours ce qu'il faut. Je n'ai pas oublié tes préférés. Ben oui, les amis comme toi, on les soigne ! J'ai parlé de notre dernière rencontre à nos amis communs. Ouais mon pote, tu parles d'une promo ! T'es notre égal maintenant, plus aucune autorité sur nous. T'as juste à la fermer, sinon tu plonges avec nous.

Un éclat de rire suivi d'une quinte de toux sèche et rugueuse m'a fait retrouver mes esprits. Le Rasta, que j'avais mis sur la touche, fait à nouveau surface. Mais que suis-je revenu faire là ?

J'ai fait demi-tour, accélérant l'allure, finissant par m'enfuir, jusqu'à l'épuisement. Je me suis arrêté une trentaine de minutes plus tard, en sueur, essoufflé, le palpitant tambourinant à un rythme effréné. Je me suis vu crever sur place, au beau milieu de la rue. Au beau milieu de nulle part. Le Rasta, zombie diabolique, instigateur de mes déviances, devra me lâcher la grappe. Je devrai, à l'avenir, le chasser de ma conscience.

De retour dans ma grotte, j'ai refermé la porte à double tour, tremblant. Moment de lucidité qui m'a fait gamberger... Et si j'avais été dans un état second... Et si j'étais vraiment à l'origine de ce massacre...

◆

— Maria, s'il te plait, viens t'asseoir près de moi.

— Ouh là ! Pourquoi ce ton si solennel ?

— Pose pas de questions. J'ai à te parler.

— Je t'écoute.

— Surtout, je voudrais que tu évites de m'interrompre. J'ai déjà eu assez de mal comme ça à me décider à le faire. Mais promis, tu pourras me poser toutes les questions que tu voudras, après.

— Pas de souci... D'accord.

— Il y a quelques jours... disons... Une bonne quinzaine de jours, j'ai pris la décision de me débarrasser de mon arme.

— Ah !

— J'ai bien réfléchi. Il n'y avait aucune autre solution. J'ai eu peur Maria, peur pour toi, pour les autres, pour moi. Mais sache que c'est un crève-cœur pour moi. Ensuite, j'ai marché, longtemps, loin. Je me suis retrouvé face à moi-même... Cette solitude m'a fait paniquer. J'ai cru un instant revenir des années en arrière. J'ai revécu dans un flash les horreurs qui ont fait la bête dépravée que je suis aujourd'hui. J'ai retrouvé mes esprits à un endroit qui a marqué à jamais ma vie.

— Que veux-tu dire ?

— Je ne peux pas t'en parler. Pas maintenant.

— Bien sûr, je comprends... Tu as déjà fait un grand pas Léo. Paris ne s'est pas fait en un jour.

— Tu parles !

— Bien sûr que si. Tu as surmonté une épreuve importante en agissant comme tu l'as fait. Il faut du temps pour aller au bout des choses. C'est un début positif.

— Mais arrête tes conneries ! Quand je me suis revu, face à cet entrepôt, j'ai eu un énorme choc. Je devrais plutôt dire un électrochoc.

— Mais tu as su réagir de la bonne façon.

— J'ai détalé comme un con. J'ai réalisé que je ne voulais plus de tout ça.

— C'est bien.

— Faut que je te dise aussi, j'ai surtout eu peur des addictions qui m'ont plombé.

— Tu les as rejetées.

— Oui.

— Tu vois que c'est positif.

— J'ai peur de ce que je peux être ou devenir Maria.

— Je vais t'expliquer quelque chose, et cette fois, c'est toi qui vas m'écouter. Au refuge, quand j'ai devant moi un animal rétif, je ne force pas le contact. S'il a peur de l'homme, c'est forcément pour de bonnes raisons. Il souffre d'un traumatisme et, l'important, c'est de lui permettre de reprendre confiance. Ça ne se fait pas tout seul. Il reste, durant un temps plus ou moins long, extrêmement méfiant. Ce qui peut le rendre agressif. La peur provoque chez lui l'instinct de survie et de défense. C'est la loi de la jungle. Il mord avant d'être mordu. Je dois faire preuve d'une patience infinie, et surtout, ne jamais avoir de réaction brusque. Sinon, je ne provoque que du négatif. C'est lui qui doit décider si, oui ou non, il doit s'approcher. Dans ce cas-là, c'est l'homme qui doit attendre sa bonne volonté.

— Attends, si je comprends bien, tu me compares à un chien ?

— Absolument pas voyons !

— Tu me considères comme un chien ? C'est la meilleure celle-là !

— Tu n'y es pas du tout.

— J'ai bien compris au contraire. Vous voulez tous me mener selon vos envies, que je sois à vos ordres comme un bon toutou à sa mémère bien dressé.

— Tu te calmes et tu m'écoutes.

— Parce qu'il faut que tu te justifies ?

— La question n'est pas là... Ce que j'essaie de te faire comprendre, c'est qu'il faut du temps pour que tout s'apaise et que tu te rapproches des autres, que tu refasses confiance à ton tour.

— Et tu t'y prends comment avec tes clébards ? Bien oui, je veux savoir ce que tu vas faire de moi pendant qu'on y est.

— Comme je te l'ai dit, je ne les brusque pas. Il faut également qu'ils s'habituent à la main humaine. Je leur porte leur nourriture moi-même chaque jour, et personne d'autre.

— Super, j'aurai droit à une bonne gamelle moi aussi ? J'en ai l'eau à la bouche d'avance.

— Dans un premier temps, il se méfie, il reste à distance. Puis, progressivement, il se rapproche. Je commence à lui donner dans ma main. Ensuite, je reste dans le parc avec lui, m'asseyant sans bouger.

— Donc tu vas te poser et me regarder bouffer ? Faudra que je remue la queue ? Ouais ! trop content, le chien-chien !

— Certains ont besoin de plusieurs semaines pour s'aventurer à venir vers moi et accepter à nouveau le contact physique. Encore une fois, c'est à eux de décider. Malheureusement, il m'est arrivé aussi de devoir gérer des animaux dont le traumatisme est irréversible. Ils deviennent extrêmement dangereux. Je me suis déjà retrouvée à l'hôpital suite à des morsures profondes.

— Magnifique ! Je fais partie des incurables ? Et eux, tu en fais quoi ?

— Je n'ai pas d'autre choix que de les euthanasier.

— Ah comme j'aimerais avoir le même traitement... Dans le fond, je n'aurais pas dû me séparer de mon arme. Elle m'aurait servi à me fumer la cervelle. Toute cette histoire, c'est pour me dire quoi en définitive ?

— Je t'ai exposé cette parabole pour que tu comprennes que je ne suis pas ton ennemie et que j'aurai la patience d'attendre le moment où tu auras la capacité d'ouvrir ton esprit et de faire le point sur ce qui t'entrave aujourd'hui.

— Tu as vraiment du temps à perdre.

— Ce n'est en aucun cas une perte, mais un bénéfice à venir.

— Je n'en vaux pas la peine, je ne suis qu'une loque !

— Tu exiges trop de ta personne. J'ai l'impression que tu vis dans une sorte de culpabilité constante. Mais de quoi veux-tu te punir Léo ?

— La psy reprend du service ?

— Je voudrais juste que tu sois un peu plus indulgent avec toi.

— Je vais jouer cartes sur table. Je suis un cinglé dégénéré irrécupérable, dis-toi bien ça. Rien ne tourne rond là-haut. Tu me prends en l'état, ou tu jettes ! À toi de voir.

— OK... Mais sache que je suis douée d'une patience hors norme...

— Si tu le dis.

— Je vais retourner chez moi et te laisser réfléchir. Je suis convaincue que tu finiras par venir me manger dans la main, toi aussi... Je t'appelle ?

— Trop fatigant... C'est tout réfléchi.

— Je me répète, je suis là pour toi, absolument pas contre toi.

— Mauvaise idée.

— À bientôt Léo.

◆

Je me suis comporté comme un salaud une fois de plus, pour que ma rose se détache, pour qu'elle prenne le large. Claudie veut me voir, pour valider officiellement la restitution.

Au départ de Maria, j'ai enfilé mon blouson, attrapé mon trousseau de clés, et je suis allé revoir celle qui m'a sauvé la mise bien des fois. Je la mets à contribution, encore.

Je croise d'anciens collègues, je découvre de nouvelles têtes. Les effectifs se renouvellent avec la jeune génération. Tant mieux, il faut du sang neuf pour stimuler les troupes. Je souris au souvenir de ce que j'étais près de trente ans en arrière. J'ai eu, moi aussi, la motivation due à l'insouciance de l'âge. J'avais la fureur en moi, l'envie de refaire le monde. J'avais le même regard, étincelant de passion pour ce métier.

Claudie me fait signe de loin. Je m'approche, nonchalamment, pas vraiment pressé d'entendre les réponses aux questions que j'ai en tête.

— Comment tu vas Léo ?

— Ni mieux ni pire que d'habitude.

— Je t'ai connu dans de meilleures dispositions.

— Oui, mais c'était avant.

— Avant quoi ?

— Tu l'as rendue à l'armurerie ?

— Pas encore. Elle est toujours dans un tiroir de mon bureau.

— Qu'est-ce que tu attends ?

— D'être absolument convaincue du bien-fondé de ta démarche.

— Je t'ai expliqué pourquoi je n'en voulais plus, il me semble.

— Eh bien recommence.

— Tu joues au flic avec moi Claudie ?

— Je joue à l'amie qui se pose des questions sur tes motivations. Le droit de port d'arme t'est toujours accordé.

— Je n'en veux plus, voilà tout.

— Voilà tout... Je vais devoir me contenter de cette réponse ?

— Affirmatif Madame la commissaire.

— Pas envie de rire Léo.

— Je suis très sérieux.

— Ça te prend comme ça, brusquement, du jour au lendemain ? Tu y tiens. Toi et moi, on sait très bien pourquoi. Alors ne me prends pas pour une quiche.

— Tu donnes dans la gastronomie maintenant ?

— Arrête ce petit jeu à la con Léo. Ça suffit !

— Tu veux que je te dise ? Alors je vais te le dire. Je deviens fou Claudie. Je me sens capable de tout, même, et surtout du pire. J'ai peur de ce que je pourrais faire, contre Maria, contre les autres, contre moi-même. Et j'ai peur de l'avoir déjà fait... Dis-moi franchement si tu me crois capable de tout cela Claudie hein ? Toi, le flic aguerri que tu es devenue ?

— Je te crois capable de faire de grosses conneries, mais jamais de tuer de sang-froid ni sans raison valable, si c'est ce que tu veux savoir.

— Alors pourquoi je fais des cauchemars où je patauge dans ce truc noirâtre, rouge, gluant et visqueux qui nous remplit les veines justement, des cauchemars où je vis sans cesse ce genre de massacre ? Dis-moi si je les ai commis tous ces crimes ?

— Si tu ne le sais pas toi-même, il y a de quoi s'inquiéter en effet. Tu serais le premier informé il me semble. Mais ce que je peux te dire, c'est que tu as grand besoin de consulter. Quand vas-tu te décider à le faire ?

— Quand je serai mort.

— Bravo.

— À quoi bon ?

— À faire en sorte que la cocotte-minute qui te sert de cervelle décompresse avec le moins de grabuge possible.

— Je suis crevé. Je vis à deux cents à l'heure avec le boulot. Personne ne veut rien savoir. On n'a pas le choix Léo, on n'arrive pas à recruter. Les effectifs ne sont pas assez nombreux. Ils ne comprennent pas que si les salaires étaient plus avantageux, ce détail aiderait à attirer les mecs. Mais non, ceux qui sont en place doivent s'épuiser à la tâche, et tout le monde s'en fout. Les plannings sont faits n'importe comment, rarement avec un rythme équilibré. On te colle des vacations tout le week-end et on te fait revenir les deux jours suivants, prétextant que ce n'est pas la même semaine. Mais, concrètement, tu t'en tapes quatre d'affilée. Avec tout ça, il ne faut pas s'étonner.

Ah oui ! Certains restent, un peu, juste le temps de la formation, quand ils ont les couilles d'assumer jusqu'au bout, pour finir par foutre le camp. Et ça se répète une fois, deux fois, et merde Claudie, tu te crèves le cul à les éduquer pour rien. Parce qu'il s'agit de cela en effet, d'éducation. Pour certains, il est nécessaire de leur inculquer les notions de base de savoir-vivre et de respect. Toi, tu brûles de l'énergie pour les autres, alors que tu pourrais la garder pour toi ! Et dans ceux qui finissent par s'accrocher, il faut rattraper les conneries, parce qu'ils ne font pas leur boulot, parce qu'ils dorment sur site. Bon d'accord, ça m'arrive aussi... Accidentellement... Comme la fois où le système de surveillance a grillé, et qu'il n'a pas réagi. Résultat, un quart du site en vrac la nuit du quatorze juillet. Je ne devais pas bosser pour la première année. Il a fallu que j'y retourne en renfort d'urgence.

Et c'est sans compter les cynophiles qui attachent leur chien à un piquet toute la nuit ou qui ne savent pas le dresser. Tu dois gérer des chiens peureux, qui refusent de se mêler à la foule et restent cloîtrés au fond d'un fourgon. Cela prêterait à rire si ce n'était pas aussi lamentable.

Ah oui, j'oubliais aussi ceux qui se planquent, ou qui quittent le site durant des heures, qui ne répondent jamais aux appels, forcément. Ils vont faire leurs petites courses dans les commerces à proximité, ils reviennent après plusieurs heures comme une fleur, quand tu trimes comme un taré pour gérer leur job et le tien. Devine qui doit intervenir ? C'est Bibi, la bonne poire de service qui doit honorer deux postes au lieu d'un. Et Bibi... Tu crois qu'il reçoit un double salaire en fin de mois ? Ouais, mais ceux-là, ils savent y faire mieux que toi. Ils se soustraient au système, louvoient, lèchent les bottes, brossent le chef dans le sens du poil. Ils sont mielleux, vicieux, manipulateurs, et, au bout du compte, ils sont gagnants sur toute la ligne.

Parce que ces enfoirés, tu vois, ils s'en tirent toujours avec les honneurs. Ils te massacrent, ils te tirent dessus à boulets rouges, ils te poignardent dans le dos autant qu'ils peuvent. Ils ne supportent surtout pas que tu puisses bosser mieux qu'eux et que cela soit reconnu. Alors, ils font tout leur possible pour te virer. Tu deviens le parasite à éjecter, parce que tu deviens dangereux pour leurs privilèges et que tu risques de mettre à jour leur propre trafic de marchandise.

À cause de ce genre de collègues, je me suis bien souvent retrouvé dans des situations totalement scabreuses. Je suis épuisé Claudie, et pas qu'un peu !

— Soit... Malheureusement, il y aura une brebis galeuse partout où tu iras. J'admets que ce soit pénible. Mais tu cumules tout ce contexte avec beaucoup d'autres choses.

— Oh ça va !

— La preuve que non. Tu rêves toujours de ta mère ?

— Tu fais chier Claudie.

— J'ai touché une corde sensible on dirait. J'ai vu juste ?

— Bon, tu décides quoi maintenant ? Tu gardes mon flingue ? Ou je m'en débarrasse à ma manière ?

— Avec tes fréquentations, je pense préférable de le garder.

— Enfin une parole intelligente. Je ne fréquente plus personne. Avec mon boulot de merde, qui veux-tu que je voie ? Je n'ai plus de vie. Je n'ai plus le temps.

— Alors pourquoi on t'a vu traîner chez le Rasta dernièrement ?

— Tu me fais surveiller maintenant ?

— Simple coïncidence.

— Simple erreur d'aiguillage. Mais je vais peut-être songer réellement à entrer à nouveau en contact avec lui. Il n'y a pas de mal à se faire du bien paraît-il.

— J'espère pour toi que tu te tiendras tranquille. Tu n'es plus flic.

— Tu me menaces ?

— Je te mets en garde. Ressaisis-toi Léo.

— Sinon quoi ? Tu me balances au gnouf[18] ?

— Je devrai faire mon job.

— Donc tu me fais bien des menaces.

— Non, des promesses.

— Et tu les tiens toujours ?

— Toujours.

— Tu bluffes... Tu ne le ferais jamais. Tu m'aimes trop.

— Ne me tente pas. L'amour peut se transformer en haine.

— À ce point-là ? Tu ne réussiras pas à m'embrouiller. J'ai été flic moi aussi. Ce genre de baratin, je l'ai servi.

— Je n'aurai pas le choix... Juste récompense des emmerdements que tu me donnes depuis des années.

— Qui aime bien châtie bien ?

— La haine n'est-elle pas une cousine germaine de l'amour ?

— C'est l'heure de l'apéro. Tu me payes un whisky ? Celui que tu caches dans ton placard pour les grandes occasions. J'ai du dossier sur toi aussi.

— Tu ne perds pas le nord toi. Rien à comparer avec toi. C'est bon, je t'offre un verre.

— On porte un toast ? À ma nouvelle vie !

— C'est quoi ta nouvelle vie ?

— On s'en fout, c'est histoire de trinquer. Nouvelle vie réglée selon les normes sociétales, une fois n'est pas coutume.

— Entrer dans les cadres toi ? J'ai du mal à le croire. Cela ne te ressemble pas. Mais pourquoi pas... Ouais... Alors à ta nouvelle vie.

CHAPITRE XV
A.D.N.

— Salut doc... Quoi de neuf ?

— On avance commissaire. Je vous avais parlé des prélèvements effectués sur les différentes scènes de crime.

— Vous avez pu trouver quelque chose de concret ?

— Enfin, oui !

— À vrai dire, je n'en ai pas parlé à mes hommes. J'attendais que vous me donniez les résultats de vos recherches.

— Vous avez eu raison. Jusque-là, mes équipes de scientifiques n'arrivaient pas à déceler une once d'indice, mais là, ils ont réussi à identifier deux sources d'ADN différentes sur chaque site. Pour le premier, le tueur a dû s'égratigner légèrement en cassant la vitre de l'entrée. En y regardant de plus près, ils ont retrouvé un infime résidu de peau et de sang. Sur le second site, la victime semble s'être débattue un peu. Le légiste a retiré là encore des résidus sous les ongles de la sexagénaire.

— Enfin une trace des agresseurs !

— DES ? Non commissaire, un seul. Les échantillons prélevés dans deux endroits différents concordent à quatre-vingt-dix pour cent.

— Ce n'est pas complètement certain alors ?

— À ce stade, on peut dire qu'il s'agit de la même personne.

— Des recherches dans le fichier national ?

— Là par contre, rien ne matche. Désolé, il, ou elle, n'est pas connu des services.

— Super, je ne suis pas plus avancée, si ce n'est qu'il s'agit d'une seule et même personne.

— Détrompez-vous... Je gardais le meilleur pour la fin comme on dit.

— Ah ? Vous me faites languir, allez au but.

— Eh bien, vous vous souvenez ? Le verre que vous m'avez confié ?

— Oui ? Je m'attends au pire.

— Je peux vous dire que vous avez eu le nez fin. On a besoin de bras supplémentaires chez nous. Vous ne voulez pas nous rejoindre ?

— L'ADN du verre est identique ?

— Sans aucun doute.

— J'aurais voulu me tromper, là encore.

— Mauvaise nouvelle ?

— Merci beaucoup. Les choses ne se déroulent pas toujours comme on le souhaiterait. Votre équipe va très bien, ne changez rien.

◆

Claude

Eh bien, cette fois, j'y suis jusqu'au cou. Je ne peux plus me défiler, chercher des échappatoires illusoires. Gagner du temps ? Peut-être... Mais dans quel but. L'échéance approche, inéluctable. Je vais devoir rendre des comptes.

— Installez-vous.

— Mauvaises nouvelles ?

— J'ai un complément d'information dont je dois vous parler, ainsi qu'à LUCAS.

— À quel sujet ?

— Des traces d'ADN infimes mais tout de même exploitables ont été relevées sur les deux premières affaires.

— Et ? On a un nom ?

— Il semblerait qu'il s'agisse du même individu. Nous n'aurions dans ce cas qu'un seul agresseur pour ces deux meurtres.

— Et pour le troisième ?

— Il n'est pas répertorié dans nos fichiers d'identification génétique.

— Ça va être compliqué de le retrouver dans ce cas.

— Vous vous souvenez du jour où Léo est venu restituer son arme ?

— Sans problème patron.

— J'ai transgressé le règlement, on a bu un verre dans mon bureau.

— Et quel rapport ? Oh merde ! Vous avez récupéré son verre pour le labo ?

— Bingo !

— Ne me dites pas…

— Il a été clairement identifié ROBERT.

— C'est impossible !

— C'est Léo qui semble avoir commis les deux premiers.

— Eh bien dans ce cas, il est responsable des trois.

— Tous les éléments portent à le croire en effet.

— C'est vrai qu'il était à côté de la plaque ces derniers temps mais de là…

— Pourtant, je vais devoir prendre une décision extrêmement difficile. Et croyez bien que je ne m'y résous pas.

— Qu'est-ce que vous allez faire ?

— Je vais demander un mandat d'arrêt[19]. Ce qui implique qu'officiellement, je mette un nom noir sur blanc sur mon rapport, et que l'image de Léo soit définitivement ternie.

— Sauf mon respect patron, il n'en reste pas grand-chose de son image.

— Pas une raison de lui enfoncer la tête sous l'eau.

— Il n'a besoin de personne pour se noyer. Quel que soit le liquide. Il est assez grand pour se débrouiller tout seul sur ce coup-là.

— Merci ROBERT pour votre sollicitude.

— À votre service patron.

— Sur ces belles paroles, je me jette à l'eau. Le grand patron va être ravi d'apprendre que sa carrière est sauvegardée.

◆

— Ah ! Entrez GUÉRIN ! Installez-vous ! J'espère que votre enquête avance et que, cette fois-ci, vous venez m'annoncer des nouvelles concluantes.

— Bonjour Monsieur. Rassurez-vous, le blason si précieux que vous vouliez conserver va briller de mille feux.

— Là je vous retrouve GUÉRIN ! Avez-vous l'identité du tueur, ou des tueurs ?

— Du tueur en effet. Il s'agit d'une seule et même personne pour ces trois dossiers.

— Un tueur en série connu ?

— Ce n'est pas un tueur en série.

— Allez au fait GUÉRIN.

— ...

— Un gars de la Maison ?

— Pas précisément, il ne l'est plus.

— Des preuves ?

— Malheureusement, il semble n'y avoir que ce genre de choses.

— Le mobile ?

— Aucune réponse à ce sujet.

— Hum... Dans ce cas, il faut l'interroger, et vite.

— Bien sûr.

— De qui s'agit-il ?

— Léonard.

— Décidément...

— N'est-ce pas... Qu'est-ce qu'on fait Monsieur ?

— Si toutes les preuves permettent de remonter à lui, pas d'autres choix qu'un mandat d'arrêt. Il faudra trouver ce fichu mobile durant sa garde à vue, en admettant qu'il reconnaisse les faits rapidement.

— Fais chier !

— Moi aussi GUÉRIN… Ça ne me plait pas plus qu'à vous. Il était un bon élément, malgré ses incartades, et même s'il a souhaité tirer sa révérence.

— Il va mal, il est au bout du rouleau.

— Je vais mandater une autre équipe pour aller l'interpeller.

— Surtout pas. Je le connais mieux que quiconque ici. Je saurai lui parler… Enfin je l'espère.

— Comme vous voudrez… Bon boulot commissaire.

— J'aurais préféré ternir votre blason et ne pas glorifier votre image.

— C'est la vie.

— Chienne de vie. Je hais ce métier.

— Vous l'adorez. Vous êtes faite pour ça.

— Pas aujourd'hui.

— Je demande le mandat, je vous appelle dès que c'est prêt.

— À vos ordres Monsieur.

Voilà, nous y sommes. Tu as joué avec le feu. Tu t'es brûlé les ailes. Je t'avais pourtant mis en garde, mais cette fois, tu as décroché le gros lot. Tu es passible de la cour d'assises. À l'ombre à perpète.

Si une personne m'avait dit, à moi, Claude GUÉRIN, commissaire de police, que je deviendrais le bourreau qui te conduirait à l'échafaud, j'aurais pensé qu'elle était folle. J'aurai vécu tous les stades avec toi. D'abord ta collègue, ensuite ta maîtresse, puis ta supérieure hiérarchique. Et maintenant...

Maintenant, je viens te chercher... À bientôt...

◆

— Patron, on a un problème.

— Bon sang ROBERT, c'est quoi ce raffut ?

— C'est justement le problème. Il vaudrait mieux vous déplacer.

— Je veux la voir, tout de suite.

— Tu ne peux pas entrer comme ça, plus maintenant, tu devrais le savoir.

— La ferme toi ! J'ai à lui parler. Je n'ai d'ordre à recevoir de personne ici.

— Fallait prendre rendez-vous.

— C'est nouveau ! Moi, prendre rendez-vous !? Je la vois quand je veux ! Tu piges mec ? QUAND JE VEUX !

— Tu vas te calmer tout de suite. Moi, je t'en donne un ! Tu es dans un commissariat ici, pas dans un bordel. L'autorité ici, c'est moi, que ça te plaise ou non.

— Qu'est-ce que tu m'as fait Claudie ? Tu n'aurais jamais dû aller jusque-là !

— Monte, ce sera préférable. Tu vas te calmer et m'expliquer.

— Me calmer ? Et pourquoi me calmer quand tout fout le camp par ta faute !

— Qu'est-ce qui fout le camp Léo ?

— Tout, ma vie, tout je te dis !

— Mais encore ?

— Pourquoi t'es encore venue me chercher hein ? Pourquoi tu m'accuses comme ça dis-moi ?

— Et je t'accuse de quoi exactement ?

— Je ne les ai pas tués, je t'ai tout rendu. Et Maria ? tu y penses à Maria hein ? Ah moins que tu sois trop jalouse qu'elle soit dans mon lit à ta place !

— Tu dérailles complètement !

— Ah ouais ? Tu vas voir si je déraille ! Pourquoi tu m'as fait ça Claudie, POURQUOI !

Je me recule de justesse, avant de recevoir sur les pieds les dossiers entassés sur mon bureau, éjectés d'un geste brusque du bras par Léonard, hors de contrôle.

Alertés par le vacarme, mes hommes viennent me porter main forte et arrivent à le maîtriser. Il hurle comme un animal traqué. J'ai mal aux tripes. Je n'ai pas d'autre solution dans l'immédiat que de le mettre sous les verrous, le temps qu'il remette les pieds sur terre. J'appelle un médecin d'urgence qui arrive une vingtaine de minutes plus tard.

Léo martèle la paroi sécurisée de la cellule à coups de poing et à coups de pied. ROBERT et LUCAS l'immobilisent le temps d'une injection de sédatif, la juste dose pour qu'il s'apaise avant l'arrivée d'une ambulance.

Je préviens Maria. Il faut qu'elle m'explique la raison de son comportement. Je lui promets qu'il ne sera pas poursuivi. J'ai tout de même besoin d'une explication cohérente.

Elle se présente au poste au départ des secouristes, toutes sirènes hurlantes. Ébahie au vu du désordre ambiant, elle n'ose pas avancer.

— Bonjour Maria.

— Salut ! C'est lui qui a provoqué ce tremblement de terre ?

— Et il a continué dans mon bureau.

— Bon sang de bois !

— Si tu veux. Un café ?

— Pourquoi pas, merci.

— Fais gaffe, le gobelet est brûlant.

— Tu ne m'as pas fait venir pour faire salon de thé ?

— Installe-toi. Qu'est-ce qui se passe avec Léo ?

— Il va mal, il est épuisé.

— Mais encore ? Tu peux préciser ?

— Son boulot devient insupportable. Il sature.

— Certes, quoi d'autre ?

— Il dort mal. Il fait des cauchemars quasiment toutes les nuits. Quand il dort. Il s'agite, je l'entends même crier parfois. Il lui arrive aussi de se lever comme un automate et de te parler, comme si tu étais en face de lui. C'est de plus en plus fréquent ces derniers temps.

— Mouais… Et cette nuit précisément ?

— Je crois que tu voulais l'arrêter, pour la énième fois.

— Ah ! Et pourquoi ?

— Je ne sais pas. Tout ce que je sais, c'est qu'il était en sueur, qu'il cherchait son souffle. Et que je n'existais plus. C'est comme s'il entrait en transe. Bref, il n'était plus avec moi.

— Il a besoin de repos.

— Il a besoin d'un psy.

— Aussi.

— Il ne veut rien savoir.

— Je sais.

— Il ne veut rien me dire non plus.

— C'est Léo. Fidèle à lui-même.

— Quand vous étiez ensemble, il avait déjà des difficultés de ce genre ?

— Pas à moi de te le dire. C'était une autre vie.

— Ce secret d'État commence à me gonfler sérieusement.

— Vois avec lui. Il finira bien par te raconter. S'il ne le fait pas, c'est que ce n'est pas le moment.

— Tu me promets qu'il n'y aura pas de suite ?

— Pas pour cette fois. Je ne serai pas toujours aussi indulgente.

— Je me doute, normal.

— En souvenir du bon vieux temps, si je puis dire.

— Que je voudrais bien connaître pour comprendre ce présent.

— N'insiste pas Maria. Va le rejoindre à l'hôpital. Tiens-moi au courant sur l'évolution de son état.

— Madame la commissaire est trop occupée pour s'en charger elle-même ?

— Comme tu voudras.

— Je dois y aller.

— Sans rancune ?

— Sans rancune...

— C'est quoi ce foutoir, GUÉRIN ?

— Monsieur ?

— Qu'est-ce qui s'est passé ici ?

— Un tsunami !

— Le nom de ce tsunami ?

— Léonard.

— De mieux en mieux...

— Et vous n'avez pas encore vu l'état de mon bureau.

— Cette mascarade va encore durer longtemps ? je vais prendre des dispositions, je pense que cela suffit.

— J'ai appelé les secours, il est hospitalisé en urgence.

— C'est en service spécialisé qu'il devrait être.

— Oui, il va mal Monsieur, c'est un mauvais concours de circonstances. Il ne faut pas lui en vouloir... Pas encore...

— Et ça vous fait rire ?

— À vrai dire, je ne sais plus depuis un moment si je dois rire ou pleurer. Alors j'ai pris la liberté d'en rire. Ça me déride.

— Vous m'exaspérez GUÉRIN.

— Oui Monsieur.

— C'est la dernière fois. Ma patience a atteint ses limites. Et remettez-moi de l'ordre dans ce joyeux déballage !

— Comme si c'était fait !

— Mieux que ça.

— À vos ordres chef !

◆

Maria

Je marche à vive allure, en chemin pour le centre hospitalier. Je n'ai rien vu venir. Je me suis rendue au refuge ce matin, laissant dans le calme, une maison endormie. Il avait retrouvé le chemin du sommeil.

Rassurée, j'ai vaqué à mes occupations sans plus faire attention à lui. Une nouvelle petite chienne venait d'être accueillie, abandonnée comme tant d'autres. Craintive, Il faudra tenter de l'apprivoiser à nouveau.

Perdue dans mes réflexions sur la condition canine, je ne me suis pas rendu compte que je me trouvais déjà à destination.

J'entre dans le hall et demande à l'accueil où se trouve Léo. Je dois me diriger vers le service d'urgence. Une infirmière m'autorise à le voir en salle d'examen, rapidement. Il va être transféré en médecine.

Il ouvre les yeux à mon arrivée, encore sous le choc de la sédation. Il refuse un séjour ici, il veut sortir, respirer l'air frais. Je demande à voir un médecin. Un vrai marathon. Je dois attendre trente minutes durant lesquelles Léo se renfrogne et campe sur ses positions.

Il doit signer une décharge afin d'endosser la totalité des responsabilités relatives à son départ prématuré. Il marche avec difficulté, mais il sort, coûte que coûte. «Ramène-moi à la maison».

Je m'exécute, malgré ma réticence. Je me sens impuissante face à un mur en béton armé.

Le trajet du retour se déroule en silence, chacun regardant dans une direction opposée. Il s'enferme dans son mutisme, encore et toujours.

Il me laisse tout juste stopper la voiture et descend rapidement. J'entre à sa suite. Suis-je la bienvenue ? J'attends qu'il m'adresse la parole. Patiemment… En apparence.

— Tu veux un verre ?

— Il est trop tôt.

— Jamais trop tôt.

— Ce n'est pas le moment tu ne crois pas ?

— M'emmerde pas.

— Sympa.

— Je ne te retiens pas.

— Décidément, c'est le grand amour, merci beaucoup. Rien d'autre à me dire ?

— Tu veux quoi exactement ?

— Que tu parles.

— C'est ce que je fais.

— Tu beugles, tu ne parles pas.

— Mais nom de Dieu, tu fais chier Maria !

— Tu ressens de la colère, normal.

— De la colère ? De la colère ? Qu'est-ce que tu en sais de ce que je ressens hein ?

— Explique-moi.

— Ma colère, tu sais ce qu'elle est ? J'ai honte Maria ! Honte de mon comportement, honte de ce que je suis devenu, honte de la larve, du déchet que je suis ! Ça te va ? Tu vois le mec devant toi ? C'est plus un homme, ce n'est plus rien qu'une loque. Je ne me supporte plus. Je vais même te dire une chose, heureusement que j'ai rendu mon flingue. Je n'aurais pas hésité une seconde pour me faire exploser la caboche.

— Et Claude ? Pourquoi t'en prendre à elle dans ce cas ?

— Elle me connaît trop et ça me fout en l'air.

— Donc, tu t'autorises à tout fracasser dans un commissariat. Logique dans le fond.

— Non, pas UN commissariat, SON commissariat.

— Oui, c'est le détail qui change tout, sauf le risque de te retrouver en tôle. Tu veux la punir de quoi au juste ? Encore une fois, c'est toi qui vas trinquer, pas elle.

— Dans tous les cas, je vais y aller en tôle, que tu le veuilles ou non. Tu crois que je suis fier de ce que j'ai fait ?

— Je crois que tu devrais prendre un arrêt de travail comme l'a conseillé le médecin des urgences, le temps de décompresser.

— Pas question. Pas assez d'effectifs disponibles. Je suis en vacances dans un mois, ça attendra.

— Marche ou crève hein Léo ?

— Je dois bosser. Tu payes mes factures à ma place ?

— J'éviterais ce terrain-là si j'étais toi.

— Merci de l'admettre, tu n'es pas MOI ! Donc, ne pense et ne décide pas à ma place.

— Je n'en n'ai pas l'intention.

— C'est bien, tu comprends vite.

— Tu es toujours aussi buté, un vrai troupeau de mulets à toi tout seul.

— C'est seulement maintenant que tu t'en rends compte ?

— Café ?

— Whisky !

— Café !

— Et merde !

— Tu l'as dit, c'est toi qui décides.

— Tu es enfin raisonnable.

— Prends soin de toi Léonard.

— À la tienne Maria la chieuse.

— Mais tu l'aimes.

— Mauvaise idée.

— Moi aussi je t'aime.

— Très très mauvaise idée. Je te l'ai déjà dit, les sentiments, ça fait du mal. Regarde-toi.

— Je te retourne ta réflexion, ne pense pas à ma place. Je suis assez grande pour le faire toute seule.

— Pas sûr. Demain je retourne au taf. Basta.

— Ça va aller ?

— Je vais monter au charbon.

— Oui, comme si de rien n'était. Voile-toi bien la face. Je te souhaite bon courage pour demain. Je te laisse tranquille, mariner dans tes mauvaises pensées tout seul. On s'appelle ?

— Comme d'hab.

— Aussi. Fais attention à toi.

— Tu connais la sortie.

CHAPITRE XVI

Lâcheur !

Léonard

C'est reparti pour trois vacations. Une journée, suivie de deux nuits. Encore de quoi décaler le cerveau qui ne tourne déjà plus bien rond.

Prise de poste à six heures quarante-cinq. Je prends connaissance des consignes. Je remplis la main courante. Bref, rien de bien nouveau. La routine. En automate.

— C'est toi ce soir ?

— Ah non, moi je termine, je viens de m'en faire trois.

— Passe-moi le planning de site.

— Ah la vache, tu t'en payes encore trois ? En décalé ? Du grand n'importe quoi.

— Comme d'hab... alors, c'est qui ce soir ?

— Marco.

— Ah non, pas lui. C'est férié ce week-end.

— Ah merde, j'avais zappé. Si, je reviens ce soir en fait, changement de planning.

— T'es un veinard toi !

— M'en parle pas, ras le bol. Ensuite, c'est bien Marco qui te relève le matin.

— Il est fichu de faire la teuf toute la nuit et se louper le lendemain. Je la sens mal celle-là.

— T'inquiète pas, ça va le faire.

— Si tu le dis...

— Allez bye, à plus...

— Salut.

Je me retrouve seul au poste. Personne en production. L'usine est fermée deux semaines pour congés. Il va falloir que je gère le standard. Ah oui, terminé le répondeur automatique. Ils ont décidé que ce système n'était pas assez accueillant. Il faut de l'humain. Alors c'est le gardien qui va s'en charger !

Si ça leur fait plaisir... Que dire de plus ? Bonjour, y'a personne à bord. Rappelez plus tard, dans deux semaines. Qui peut me dire ce que ça change ? Là où ça craint un peu quand même, après tout personnellement, je m'en tape, c'est pour les appels de l'étranger. Je ne suis pas payé pour parler anglais. J'ai déjà bien du mal à faire comprendre le français aux têtes de nœud qui me gonflent. Je ne suis pas payé non plus pour décider.

J'admets que, parfois, remettre les choses en place, c'est génial.

— Pourquoi vous me faites attendre ? Vous êtes standardiste ? Alors faites votre boulot, et passez-moi la personne que je demande.

— Ça tombe bien dites donc, je ne suis pas standardiste.

— Je suis où, je ne suis pas au standard ? C'est bien la ligne de l'accueil pourtant !

— Vous êtes au poste sécurité monsieur.

— Ah !

— Oui !

Ça t'en bouche un coin quand même, avoue-le ? Prends le bien dans le pif, ton scud[20] ! Moi, je ris doucement. Le type, du coup, il la remet en veilleuse. Il se confond en excuses. C'est qui le chef ici ? Je jubile. « Bonne journée, au revoir Monsieur ». Et vas-y que je te passe la pommade ! Je dois bien reconnaitre que, parfois, la journée me plait.

Trêve de plaisanterie. À partir de maintenant, il faut transférer la ligne sur le téléphone de service avant de partir en ronde. Parce qu'ils nous ont installé un bazar tout neuf, enfin récent. Totalement inutile. Je suis le seul présent, et j'ai ce qu'il faut pour appeler et être contacté. On ne discute pas les ordres.

J'appuie sur le bouton magique avant d'accrocher l'appareil à ma ceinture. Le terminal bipe et s'allume en vert. Je récupère le P.T.I. et pointe mon départ à l'aide du contrôleur de ronde. C'est parti pour un tour du propriétaire. Le premier d'une longue série. Je me balade, tranquille. Je sifflote le nez au vent léger de ce début de journée. Seul, seul, et encore seul... Le panard! Je fais du zèle, ça ne va pas durer. Je vérifie toutes les portes, une à une. Ensuite, en admettant qu'aucun fantôme ne s'introduise sur le site jusqu'à ce soir, tout se maintiendra fermé. A priori, logique. Je m'étonne de ma grande lucidité et m'en félicite.

Un peu d'autosatisfaction ne fait pas de mal. Jamais si bien servi que par soi-même. Je passe, de ce fait, une matinée agréable, avec le soleil. Je savoure au plus haut point ce moment de félicité. Serait-ce un avant-goût du paradis? Pas encore. Je complèterai ce soir.

Bref, je prends le temps d'un café, ou deux, je sors de temps à autre fumer une clope. Je déjeune sur le pouce, mais tranquillement. Je pars au bloc sanitaire rincer mes gamelles et, au retour, je surprends un intrus improbable.

Je marque un temps d'arrêt, lui aussi. J'avance de deux mètres, lui recule de quatre. Je remets mes effets en place et décide de tenter une approche. Peine perdue. Je reste immobile, scrutant ses mouvements. Il m'épie et me surveille de son côté, assis sur son arrière-train, tournant la tête, dédaigneux. Il semblerait que je le dérange dans son espace vital.

J'avance à nouveau, il recule. Je recule, à son tour d'avancer. Curieux pas de deux incongru, mettant en scène, ici, au milieu de nulle part, un couple improbable et mal accordé. Il me teste, il me jauge en permanence. Je voulais adopter un animal, je vais sérieusement réfléchir à la question désormais.

Je suis incapable de définir la race du squatteur haut sur pattes, dont la robe tachetée de noir et gris pouvait laisser croire à un chien de chasse. Plutôt curieux, la chasse n'est-elle pas déjà finie? Peu importe, dans tous les cas, il n'a rien à faire ici. Il va bien falloir que je l'attrape.

J'essaie la gentillesse, le calme, je lui parle. Il doit me considérer comme un clown dénué de talent, bref, l'humain débile par excellence, totalement inintéressant.

Non content de me snober, il décide tout bonnement de se coucher, et de ne plus bouger, définitivement. Mes tentatives d'appât durant près d'une heure ne mènent à rien. J'échoue dans ma mission.

Il n'y a plus qu'une seule chose à faire, je dois appeler la gendarmerie pour qu'il récupère le gentil toutou, avec l'aide éventuelle d'un vétérinaire ou de la fourrière.

Je ne le quitte pas des yeux jusqu'à l'arrivée du fourgon. J'accueille ces messieurs comme il se doit.

— Bon, alors, il est où votre chien ?

— Juste là, il est couché.

— Ah ?

— Oui, là...

Je me retourne, il avait disparu. Je pars à sa recherche avec l'équipe diligentée sur place. Je fouille dans les moindres recoins, je cherche partout où j'imagine qu'il puisse être. Je fais chou blanc.

— On dirait qu'il a retrouvé la sortie tout seul.

— On dirait.

— Sinon, c'est plutôt calme ? Rien d'autre à signaler ?

— Tout va bien.

— Au revoir Monsieur, je ne vous dis pas à bientôt.

J'ai l'air d'un imbécile, une fois de plus. Si les trois vacations se déroulent de la même manière, c'est décidé, je dégage.

◆

Fin de journée. J'attends la relève qui ne saurait tarder. Je rédige mon rapport d'anomalie sur la main courante. J'en connais un qui va se gausser sans retenue à cette lecture. Je n'en suis plus à cela près.

J'entends un bruit de moteur, suivi d'un claquement de portière.

— Salut, ça va ? Quoi de neuf ?

— Je te laisse le lire toi-même.

— Ah ouais ! T'as fait fort !

— Quoi ? Je n'allais tout de même pas laisser le bestiau au milieu de l'usine.

— De là à appeler les condés...

— Je te rappelle ton job au cas où tu aurais oublié. Rappelle-moi depuis combien de temps tu bosses là toi ? Tu devrais le savoir. C'est la procédure mon gars. On a un protocole à respecter. Relis les consignes, tu t'occuperas cinq minutes. Pas d'animal ici. Tu te rappelles ? « C'est pas un chenil ici ».

— Ça va, t'enflamme pas !

— Je ne m'énerve pas. Mais devoir constamment vous rappeler les règles à respecter me soule sérieusement. À croire que je suis le seul à le faire. Sérieux, les gars, vous êtes là depuis cinq, six, huit ans, et il faut encore vous préciser les choses.

— Il est passé par quel côté ?

— Je pense à priori par l'arrière des protos.

— Et la clôture ?

— Défoncée. Il a gratté la terre pour se glisser dessous et a plié le grillage en se faufilant. Dans tous les cas, le local est sous alarme. T'inquiète, tu le sauras très vite s'il y a du grabuge.

— J'attends du monde pour réparer ?

— Tu me fais rire ! Tu crois qu'ils vont déplacer l'astreinte pour si peu ? Ce n'est pas un compresseur, donc pas d'urgence. Ils comptent sur nous. Pour le coup, on devient très professionnels et indispensables.

— Génial, et je reste seul, je n'ai pas de renfort non plus ?

— Bingo ! Joue au loto, c'est ton week-end. Sinon rappelle l'agence.

— T'es sérieux ?

— Je sais que j'ai la déconne facile, mais pas cette fois. La remise en état attendra la reprise. Dixit le grand chef d'en face.

— C'est qui demain matin ?

— Pas moi. Je reviens le soir.

— OK... Je vais regarder...

— C'est ça regarde. Pour moi, basta, j'en ai assez fait. Salut. J'ai un apéro qui m'attend. Et tu sais quoi ? C'est le meilleur moment de la journée.

◆

Je suis épuisé, mais soulagé que la nuit soit terminée. Comme je m'y attendais, jour férié oblige, je n'ai pas de relève. J'appelle l'agence à l'heure dite. Il fait quoi ce matin ? Si je le savais je ne signalerais pas son retard. OK, on vous tient au courant. J'espère bien. Le responsable d'exploitation, d'astreinte, m'informe quelques minutes plus tard qu'il est parti dans sa famille à Paris, et qu'il ne compte pas revenir. Et moi ? Je me tape vingt-quatre heures de taf d'affilée ? Pour le moment, on n'a personne. Faut pas charrier patron, si je reste, je dors sur site. Faut ce qu'il faut tout de même.

Il est contrarié, moi aussi, surtout moi. C'est sans compter sur l'illégalité de la situation. Il finit par me confirmer l'arrivée d'un agent détaché du siège social. Super ! Il arrive quand ? Trois heures ? Je manque de m'étrangler d'indignation au téléphone. On ne peut pas faire mieux. Personne n'est disponible.

C'est ça, dites plutôt que personne ne veut gâcher un week-end de fête familiale pour venir faire le mariole ici. C'est juste parce que c'est moi, ou ils agiraient de cette manière avec tout le monde ? Il faut que je me calme. Je suis en colère, épuisé, ras-le-bol de toutes ces conneries. Il faudra mettre les choses au point avec Marco. Il nous met dedans chaque fois qu'il peut.

Quand vont-ils se décider à prévoir une autre boîte pour gérer l'intérim ? Quand il y aura des morts ? J'ai déjà eu chaud trop souvent.

Je me fais une raison et j'attends le collègue. Trois heures, j'ai le temps de commencer ma nuit. Une petite sieste ne fera pas de mal. Après, s'ils veulent me virer, on en parle. J'ai des circonstances atténuantes. Je bosse avec des bras cassés et des gamins de maternelle.

Une sonnerie me sort de mes songes. Je grogne, et reprends mes esprits en me rappelant subitement où je suis.

— Salut Léo ! C'est Marco.

— Tu tombes bien toi ! Tu sais que je suis dans la merde à cause de toi ?

— Je n'y suis pour rien. Je les avais prévenus depuis trois semaines que je ne serais pas là. Je n'ai pas été informé à temps. Ils ont changé les plannings sans me le dire, comme toujours. J'ai vu mes mails trop tard. Dans tous les cas, ils savaient que je serais parti plusieurs jours.

— Tout de même, les embrouilles arrivent régulièrement avec toi.

— Si ça ne te plait pas, je n'y peux rien. Je ne vais pas revenir de Paris pour bosser. Ils n'ont qu'à envoyer quelqu'un d'autre.

— Tu crois qu'ils ont le choix ?

— Je voulais juste te dire que je ne suis pas responsable pour ce coup-là.

— Allez salut, amuse-toi bien. Moi, je m'en prends pour trois heures supplémentaires.

Le dépanneur est arrivé. Je peux enfin retourner chez moi. Marco va avoir une convocation agrémentée d'un avertissement. Selon sa bonne foi, une éventuelle mise à pied de quelques jours. Et après ? Ce n'est pas la première fois qu'il est sermonné. Attention mon gamin, tu n'as pas été sage aujourd'hui. Papa va se fâcher !

Tu parles ! Il y aura juste un petit rappel à la loi. Pour le reste, ça ne portera pas bien loin. Il n'y a pas mort d'homme... Pas encore... Dans tous les cas, ils ne vont pas le virer. Ils ne peuvent déjà pas embaucher. Alors les gars qui sont en place, même s'ils provoquent la grogne, ils ne peuvent pas se permettre de les virer.

Je dois recevoir une modification de planning dans la journée. Mes heures doivent être rajoutées. S'ils ne le font pas, je vais retourner leur bureau. J'en ai ras le bol, ras la casquette. La cocotte-minute est sous pression. Alors attention à ne pas faire sortir la vapeur trop brutalement.

En premier lieu dormir, manger, mais surtout dormir. L'indécision subsiste pour demain matin. Qui va me prêter main forte ? Qui va prendre la relève si Marco ne revient pas ? Ne te tracasse pas mon vieux Léo. À chacun son job. Demain est un autre jour.

◆

— Il est passé où mon planning modifié avec mes trois heures en plus ?

— Je ne peux pas rajouter les heures.

— Sans blague ! Et pourquoi ?

— Pas légal de faire des vacations aussi longues. C'est douze heures au maximum d'affilée.

— Pas légal ? Vous êtes sérieux ? Pas légal ? De l'illégal, vous en faites chaque fois que ça vous arrange. « On n'a pas le choix, on ne peut pas faire autrement, on n'a personne sous la main... ». Mais quand c'est pour arranger les agents, vous vous asseyez bien dessus le « pas légal ».

— Vous ne pouvez pas dire ça.

— Je vais me gêner ! Et le mois dernier, quand je me suis tapé sept vacations en huit jours, c'est légal ? J'ai encaissé quatre-vingt-quatre heures en l'espace de huit jours, ouais ! Personne ne s'est soucié si j'allais tenir le coup. Avec une seule journée de coupure. Quand on vous dit que c'est suicidaire, cela vous fait doucement sourire !

Depuis combien de temps on vous le rabâche, nous, les anciens qui connaissons parfaitement bien le fonctionnement sur le terrain, qu'il ne faut pas plus de deux vacations à la suite, suivies de trois jours de repos au minimum, sinon, c'est difficilement gérable avec le temps. La seule réponse qu'on reçoit, c'est que, si les horaires ne nous conviennent pas, nous n'avons qu'à changer de travail.

Vous n'en avez rien à battre de ce qu'on peut gérer ou pas. Alors me faites pas chier avec votre légalité à deux balles ! Encore autre chose... Les vacances, vous ne les respectez pas non plus. Chaque fois qu'on est en congé, vous nous rappelez pour dépanner. On ne peut jamais décompresser. Le stress est toujours là, omniprésent. Le téléphone devient notre pire ennemi. Comme par hasard, vous rappelez toujours les mêmes poires.

— Vos collègues ne répondent jamais.

— Ils ont bien raison. Je vais m'y mettre moi aussi. On va finir par bien se marrer.

— Ne faites pas ça.

— Et pourquoi pas ? De plus, si je suis encore chez vous, c'est que le client a exigé ma présence sur le site, sinon vous ne m'auriez pas intégré dans les effectifs.

— Vous devenez parano Léonard ?

— Pas du tout, je pense que je suis très lucide sur votre état d'esprit au contraire. Je vais aller plus loin, il se pourrait également que vous fassiez le maximum pour me pousser vers la sortie. Sur ce point, rassurez-vous, je cherche un autre boulot depuis un an. Si je suis toujours là, c'est que je n'ai rien trouvé de mieux. Ce n'est qu'une question de temps.

— Cela prouve qu'on n'est pas si mauvais que vous le prétendez.

— À vous de voir. Je vous laisse seul juge de l'interprétation. Il n'empêche que durant ces trois heures, je suis resté sur site, donc, ce sont des heures de TRAVAIL ! Vous me refaites le planning MAINTENANT !

— Ou quoi ?

— Ou je vous dénonce au CNAPS[21], sans oublier l'inspection du travail avec la copie de tous mes plannings. Et si ça ne suffit pas, je vous colle aux Prud'hommes.

— Bon allez calmez-vous. Vous n'êtes pas le seul à vous mettre dans cet état. Si on devait céder à toutes les menaces, on ne s'en sortirait pas.

— Me calmer ? Je veux récupérer le montant de mes heures avant de retourner votre bureau.

— J'éviterais la violence si j'étais vous.

— Vous n'êtes pas moi justement. Vous, vous êtes sagement assis derrière votre bureau, bien au chaud, sans aucune considération pour les hommes sur le terrain. Venez donc vers nous ne serait-ce qu'une semaine pour vous rendre compte à quel point on se fend la bille ! Je peux vous dire que vous y reviendrez au galop, dans votre fauteuil de ministre.

— À chacun son rôle, Léonard. Je vous demande de sortir. L'entretien est terminé.

— Ah oui ! À chacun sa place, c'est vrai, on n'est pas du même monde hein ? Vous, la grosse tête pensante, qui sait mieux que nous ce qui se passe, le grand centurion qui met tout le monde au casse-pipe et qui se frotte les mains quand le client est satisfait. Comme c'est confortable !

— Vous dépassez les bornes. Je vous mets une mise à pied pour une semaine. Rentrez chez vous.

— Je demande juste réparation pour ce qui me revient, je fais toujours mon boulot, et j'ai une mise à pied d'une semaine ? Mais on va où ? Vous n'avez aucune reconnaissance pour les bons éléments, aucune gratification, aucun remerciement.

Savez-vous ce qu'on ressent quand on est dans l'incertitude de relève ? Savez-vous ce qu'on ressent quand on se dit qu'on va bosser quatre nuits de suite et qu'aucun collègue ne viendra en renfort parce qu'ils refusent catégoriquement d'intervenir la nuit ? Je vais vous le dire moi ! On ressent de la colère, de l'écœurement, de la révolte, de la saturation, de la lassitude, on ressent un immense ras-le-bol qui nous donne envie de foutre le camp et de tout plaquer net. Tant pis pour l'abandon de poste ! Mais voyez-vous Monsieur, nous, les sérieux, nous ne le faisons pas. À force de tirer sur les agents de bonne volonté, la corde cassera, tôt ou tard.

Sans compter également toutes les demandes d'évolution de carrière que j'ai déposées depuis trois ans et qui ne sont pas prises en compte. J'estime avoir les compétences pour monter les échelons et être, au minimum, chef de poste. Rien ne bouge. Je reste le gratte cailloux de base. Et pourquoi ? Toujours pour le même prétexte que vous ne pouvez pas embaucher. Donc, pas de place pour moi ailleurs.

À croire que ceux qui font des conneries sont mieux vus que nous. En exemple justement, Marco qui se fait toujours remarquer et qui est loin d'être fiable, même le client s'en plaint. Et vous le laissez courir ?

— Il a droit au même traitement.

— Génial ! Tout le monde est relégué au même niveau si je comprends bien ! C'est bien ce que je disais, à quoi bon être un élément sérieux ! Vous savez ce que j'en fais de votre égalité de traitement ?

◆

Ce qui devait arriver, arriva finalement. J'ai vidé mon sac, j'ai craché le morceau. J'ai déversé mon venin. Bref, je me suis libéré. J'ai balancé ma vision des choses… Et tout ce qui était sur son bureau.

À force de nous prendre pour des marionnettes, il devait bien se douter qu'un jour, l'un de nous finirait par lui exploser en pleine figure. La face du monde va-t-elle changer ? Vont-ils revoir leur copie ? J'en doute. Tant que ces querelles restent des guerres intestines, qu'ils n'encaissent que des menaces verbales, ils continuent de sourire béatement. Une grève générale leur ferait les pieds. Je reste lucide, ils vont tous se dégonfler.

N'empêche… S'il faut traîner des casseroles pour qu'on ouvre les yeux sur nous, allons-y ! À ce niveau, ce sont plutôt des chaudrons bien lourds, en fonte, comme il se doit. Se remet-il en question ? Va-t-il rectifier son fonctionnement ? Il a forcément le droit avec lui. Invoquer un cas de force majeure justifie qu'il ne puisse pas agir différemment.

Continuons, dans la joie et la bonne humeur, à le laisser jouer avec les ficelles des pantins que nous sommes… Alléluia ! Jusqu'à ce que nous finissions par nous rebiffer pour de bon. Eh quoi ! Dans un autre monde, une autre vie peut-être.

Ah que c'est bon de refaire le monde ! J'ai une semaine de vacances… forcées. Je m'en tape le coquillard. Il faut que je mette à profit cette période de recul pour me replonger dans mes recherches dans le but de décrocher un autre boulot, un truc qui serait moins stressant, moins d'heures, moins de turpitudes, d'où que cela provienne. Faire le point sur ce que je veux, surtout sur ce que je ne veux plus du tout. Et pourquoi pas dégustateur de whisky au Japon… Faut voir…

Je me verrais bien loufiat sur une île déserte. Ce fantasme revient parfois. Pour le calme, je serais servi. Il faut que j'en touche un mot à Maria. Si elle veut encore de moi. Mon attitude risque de la faire revenir sur ses bons sentiments. De deux maux choisissons le moindre… Il se pourrait que, pour sa survie mentale, elle privilégie la fuite. Je devrais lui donner de l'élan et la pousser dans le sens du vent. Advienne que pourra.

◆

Maria

J'entre discrètement et m'installe dans le salon, une tasse de thé à refroidir sur la table basse, plongée dans un roman d'aventures. J'attends qu'il se réveille de sa sieste, sans bruit. Il me rejoint au bout de quelques minutes. Lui, reste perdu dans ses pensées. Il s'assied près de moi.

« J'ai à te parler ». Ah ! « Je n'ai pas été très cool ces derniers jours » Bon… Il me confie sa peur, son angoisse et ses doutes concernant la poursuite de ce métier. La colère qu'il a ressentie en l'absence de sa relève. Son entrevue houleuse avec son employeur. Son coup de folie aussi.

Je n'ai pas revu Léo depuis cinq jours, et, à mon retour, j'apprends qu'il est mis à pied. Que dois-je penser ? Sincèrement ? Qu'il a suffisamment conscience de la stupidité de ses actes, même s'il ne le reconnait pas explicitement. Son mal-être n'a pas besoin que j'en rajoute une couche.

Tout de même, la colère est telle, que la seule issue qu'il ait pour la faire surgir soit la violence. Contre qui ? Contre quoi ? Lui-même en grande partie, le système qui le dirige également, sa difficulté à assumer la charge du quotidien, à assumer les servitudes d'un cadre qu'il n'a pas choisi.

Léonard le rebelle certes, pour être conquérant faut-il passer fatalement par cette phase révolutionnaire ? J'essaie de lui parler, de l'apaiser.

— Tu es épuisé Léo, tu devrais vraiment prendre un arrêt jusqu'à tes congés. Et ne réponds plus à leurs appels. Ils seront bien obligés de se débrouiller autrement.

— Et je laisse les collègues dans la merde ?

— Parce que les collègues pensent à toi durant leurs propres vacances ? Non, ils ne répondent pas, voilà tout. Les indispensables, on en trouve plein les cimetières.

— Ce n'est pas si simple.

— Bien sûr que si, il suffit de le vouloir et de t'en tenir à cette décision.

— Que veux-tu insinuer ? Que je suis une lopette ? Un paillasson sur lequel on se frotte les pieds à volonté ?

— Mais non voyons ! Je souhaiterais juste que tu penses un peu plus à toi. Tu mets ta santé en jeu, voire ta vie. Le drame n'est pas passé loin dernièrement. Souviens-toi de l'accident évité de justesse au carrefour de la nationale.

— Tu sais que personne ne veut venir bosser sur ce site. Personne ne veut venir bosser tout court d'ailleurs. C'est trop fatigant, il faut marcher, courir parfois, gérer le téléphone. Ah oui ! Une petite nouveauté. Ils nous ont confié un magnifique jukebox avec des petites lumières rouges et vertes. Whaou ! Ça clignote dans tous les sens. Et la petite musique qui se dégage de cet engin-là, un délice ! Un rock pur et dur. Plein de bips à chaque fois que tu presses un petit bouton. Bip... Bip... Tu peux entendre l'hymne à la joie si tu fais preuve d'un peu d'imagination.

On va finir par se charger du courrier à affranchir et à poster aussi. Ils vont bien nous le pondre un jour. Un gardien, un veilleur c'est quoi à ton avis ? Ce n'est rien du tout, un homme à tout faire, un larbin, voilà ce que c'est ! Dans vos moments de calme, parce qu'on n'a que ça, vous pouvez nous donner un coup de main.

Et toi, tu viens là avec tes grands airs et tes solutions miracles à deux balles, à vouloir me donner des directives sur ce que je dois faire et la manière dont je dois me comporter ?

Mais de quoi te mêles-tu ? Tu connais ce métier, hein Maria ? Tu l'as déjà exercé ? Tu sais ce que l'on vit tous les jours ? Bien sûr que non. Tu n'y connais rien, et tu n'y connaîtras jamais rien. Tu es trop précieuse pour te salir les mains et te fatiguer de cette manière. Les montées d'adrénaline, tu sais ce que c'est ? Et les sueurs froides quand tu dois gérer une urgence sans te poser de question ? Bien sûr que non ! Tu es trop habituée à ton petit confort d'un bureau bien chauffé, avec un fauteuil bien douillet. Je ne me permets pas de te donner des ordres sur ta façon de traiter tes clébards, alors fous-moi la paix avec mon métier. Si l'un de nous deux le connaît bien, c'est uniquement moi.

On n'est pas du même monde nous deux. Tu sais quoi ? On n'a rien en commun non plus, on n'a rien à faire ensemble. Tu vas retourner sagement chez toi, t'occuper de tes bâtards paumés, et tu vas me laisser en paix, ici, CHEZ MOI !

— C'est vraiment ce que tu veux ?

— Tu vois une autre solution ? Je suis à bout, tu l'as dit toi-même, je suis épuisé. Je n'ai aucune vie à t'offrir. Tu t'échines à me faire la morale depuis des mois pour rien. Regarde-toi, à peine arrivée et tu perds le sourire. Va voir un autre jardin ma rose. Ne reste pas avec moi.

— Bon, alors dans ce cas, tant pis pour toi.

— C'est ça, et tant mieux pour toi. Tu me rendras ton trousseau de clés avant de sortir.

— Évidemment.

— Tu verras, le soleil brille bien mieux ailleurs.

— Ta décision est prise dans tous les cas. Que pourrais-je dire de plus ?

— Absolument rien.

— Tiens ! Les voilà, tes clés !

— Je ne te raccompagne pas, tu sais où est la sortie.

— Depuis le temps que tu m'y expédies, je pense que oui. Prends soin de toi.

— Qu'est-ce que ça peut te foutre ?

Je pars sans prendre la peine de répondre, sans me retourner. J'ai mal au plus profond de moi. Pour quelle raison ? Est-ce parce que je vais me retrouver seule et que je refuse l'abandon brutal qu'il m'impose ? Est-ce parce qu'il me jette alors que je sais pertinemment qu'il tient à moi ? Est-ce pour avoir perdu tout ce temps à vouloir lui tenir la main pour le maintenir en vie ?

Le pire dans cette situation, est que je suis convaincue qu'il y a de l'attachement entre nous, une passion dévorante qu'il repousse pour ne pas me faire subir ses déviances. Ses sentiments sont aussi réels que les miens.

C'est ce qui me blesse le plus en fin de compte, me dire que c'est un superbe gâchis. Et que, parallèlement, il m'offre une magnifique preuve d'amour. Dans sa colère et sa souffrance immenses, il veut néanmoins me protéger.

Je vais respecter sa décision, rester à l'écart, sans chercher à me manifester. La vie impose sa loi et nous soumet à des épreuves douloureuses, pour mieux rebondir. Mais à quel prix ?

CHAPITRE XVII
Mise au point

Maria

Plusieurs jours se sont écoulés. Je me noie dans le travail. Au refuge, l'activité ne manque pas. Les animaux me rendent une affection et un amour inconditionnels. Ils aiment, ou pas. Mais ils ne comblent pas le vide qui s'installe en moi.

Les journées passent, sans grande nouveauté. La routine reprend le dessus. Même si je n'arrive pas à faire le deuil de ma relation, houleuse certes, instable aussi. Cependant, je n'arrive pas à lui en vouloir. Il a, à mes yeux, de grandes circonstances atténuantes. J'ai appris une chose évidente dans tout ce cataclysme, on ne peut pas obliger une personne à vouloir votre présence ou votre affection, et encore moins à vous la donner.

Je me résigne parfois, dans mes soirées solitaires, repensant aux difficultés traversées, résolues pour certaines. Remises en question pour d'autres.

« Un jour, un psy m'a dit que, quelle que soit la décision que l'on prend dans un moment de dépression ou de colère, ce ne sera jamais la bonne. Elle sera forcément mauvaise.

Il y a quelques jours, cela n'a pas échappé à cette règle. Me pardonneras-tu de t'avoir tant peinée ? Je n'arrive pas à accepter le fait de t'avoir lâché la main. J'ai commis une terrible erreur. Me pardonneras-tu ? »

Je reste sans voix à la lecture de ce texto de Léonard. Le couteau se plante davantage dans mes tripes. Y a-t-il un message subliminal que je n'arrive pas à déceler ? Faut-il le prendre à la lettre, juste pour ce qu'il est ? Je ne comprends pas, où veut-il en venir ? Regrette-t-il sincèrement et pense-t-il faire machine arrière ? Ou juste un besoin de s'excuser, sans plus ?

Une chose m'étonne dans ce message. Il mentionne l'existence d'un psy. Jusqu'à présent, sauf erreur de ma part, il ne voulait pas en entendre parler. Est-ce depuis ce contact qu'il leur a tourné le dos ?

Dans tous les cas... Peu importe... Il ne reviendra pas, c'est sans doute mieux ainsi pour nous deux. Plus de déchirure, plus de chagrin. Voilà, il faut que cela soit... Je ne perds pas de temps à répondre et sèche mes larmes. Je dois prendre du recul, penser à ma vie, elle n'est pas finie. J'ai encore de belles années devant moi. Je vais me convaincre de tout cela également. Ne plus regarder dans les rétroviseurs.

Je devrai supprimer son numéro de téléphone de mon répertoire, les photos. Ne garder que les souvenirs... Ma mémoire sélective m'aidera à faire le tri et à ne conserver que le positif. Il y en a tout de même eu depuis toutes ces dernières années. Après tout, ce n'est pas un mauvais bougre. Juste un personnage qu'il s'approprie, un jeu de rôle sordide qu'il confond avec une réalité inappropriée. Il se forge une carapace pour se protéger... De moi ? Pas vraiment... Des sentiments ? Plutôt des dégâts qu'ils occasionnent quand ils nous faussent compagnie.

La sonnerie de mon portable m'arrache à mes réflexions hautement philosophiques sur les dures conditions de l'existence. Il n'a pas perdu de temps. Son visage apparaît sur l'écran. Dois-je répondre ? Oh et puis zut !

— Salut Maria...

— Bonjour.

— Tu... Je te dérange peut-être... Je ne dois pas être le bienvenu.

— Ça va aller.

— Comment tu vas ?

— Comment veux-tu que ça aille franchement ?

— Tu veux que je raccroche ?

— Je t'ai répondu.

— Je voulais... je voulais te dire que je m'en veux énormément pour mon attitude envers toi. Tu ne le mérites pas.

— Bien.

— Et aussi... Je passais dans le coin et je me disais...

— Quoi ?

— Je me disais qu'il fallait qu'on se parle.

— Ben voyons.

— Oublie, ce n'est pas une bonne idée.

— Il fallait y penser avant non ?

— Sans doute, tu as raison. Comme toujours.

— Tu es où ?

— Juste en bas de ta rue. Je t'invite à prendre un café si tu veux.

— Je vais mal Léo, très mal.

— Je me doute.

— Tu ne t'imagines même pas à quel point.

— Je te laisse tranquille, une autre fois...

— Non... Viens chez moi... Viens... Ne t'attends pas à me voir sourire.

— Je suis là dans cinq minutes.

Je coupe la communication. Mon cœur bat la chamade. Il faut que je me calme. C'est l'occasion ou jamais... Des coups frappés contre la porte d'entrée. Je déverrouille et ouvre, fébrile. Je manque de vaciller.

Je le laisse avancer à l'intérieur et recule, instinctivement. Je ne sais pas de quelle manière me comporter. Indécise, je garde mes distances. Lui, gauche, garde le silence.

— Assois-toi, ta chaise est toujours en place. Du sucre ? Du lait ?

— Je veux juste que tu t'installes près de moi.

— J'ai mal Léo tellement mal, tu ne peux pas t'imaginer à quel point.

— Je te demande pardon Maria, je suis désolé, sincèrement désolé.

— Je ne sais plus où j'en suis. Je ne tiens pas le coup, je pleure sans cesse, j'ai les tripes à vif, les nerfs à fleur de peau ! Regarde ! Je n'arrête pas de trembler. Je n'arrive même plus à gérer le refuge. J'ai vraiment trop mal...

— Je ne voulais surtout pas ça.

— Eh bien c'est raté.

— Tu es une belle personne, n'en doute jamais. Tu as toutes les qualités pour rendre un homme heureux.

— Mais pas toi ?

— Moi, je ne suis qu'un boulet dans ta vie. Tu mérites bien mieux. Je n'ai que des embrouilles à t'apporter. Je ne peux rien construire. Je n'ai aucune perspective d'avenir. Je veux t'éviter tout ce merdier.

— Au point de n'avoir jamais voulu m'introduire dans ta famille ?

— ...

— À aucun moment tu n'as souhaité me présenter. Tu ne t'intègres pas davantage dans la mienne, dans ma vie. Officialiser notre relation te dérange à ce point ? Remarque, si elle n'existe pas, dans le fond, il n'y a rien à annuler. C'est plus simple. De cette manière, je n'ai jamais existé non plus. De toute façon, on n'en parle plus, puisque ce n'est plus d'actualité.

— J'ai morflé avec la personne que j'ai connue juste avant toi. Je ne veux plus de ça ! Je me suis senti abandonné au moment où j'avais le plus besoin de soutien.

— Tout le monde est différent. Je suis différente de celle que tu as connue précédemment.

— Oui, c'est vrai.

— Mais ?

— Mais rien n'est acquis, rien n'est éternel. Alors à quoi ça servirait hein ? Pour que je me retrouve seul une fois de plus ?

— À agir comme tu le fais, tu fais ton malheur tout seul. Tu n'as besoin de personne. Surtout pas de moi effectivement.

— Je ne veux plus avoir de sentiments.

— Tu n'es pas une machine, mais un être vivant, un être humain. Un être vivant a besoin d'affection et d'amour pour avancer et s'épanouir. Si tu agis de cette manière depuis un bon moment, c'est que tu en ressens au contraire, sinon tu ne chercherais pas à m'évincer, tu ne tiendrais aucun compte de mon existence.

— Ah oui c'est vrai ! Comme un chien n'est-ce pas ?

— Ne sois pas si sarcastique. Tu comprends très bien où je veux en venir. Sache qu'un chien exprime à merveille ce qu'il ressent. Il aime ou il déteste, tu le sais rapidement.

— Admettons. J'ai quand même raison sur un point. La vie que je pourrais t'offrir avec mon métier n'a rien d'enviable. Tu serais toujours seule, à tourner comme un lion en cage, à te morfondre dans un coin en attendant que je veuille bien refaire surface... Je ne veux pas que tu passes ta vie à m'attendre. Tu as mieux à faire.

— Je veux, je veux ! Tu n'as que ces mots à la bouche. Et ce que je veux, MOI ! Tu ne t'en occupes jamais. Tu penses, tu parles, tu réfléchis, tu décides sans cesse à ma place. À croire que je suis une parfaite imbécile sans cervelle dénuée de tout sens critique !

— Tu sais bien que non !

— Alors pourquoi tu ne m'écoutes jamais quand je t'expose mon point de vue ?

— Détrompe-toi, je t'écoute.

— Tu m'entends, tout au plus.

— Peut-être.

— Te rends-tu compte que le fait de me laisser dans les coulisses, de ne pas m'intégrer dans ta vie me ronge ? C'est comme si j'étais la maîtresse d'un homme marié qui doit rester dans l'ombre en permanence, de peur du scandale !

— Tu mélanges tout.

— C'est ce que je vis au quotidien Léo. Tu t'arranges pour voir tes amis quand tu es certain que je ne vais pas rappliquer. Tu ne les invites jamais quand je suis chez toi. Dans ta famille, tu y vas toujours seul ! Savent-ils au moins que j'existe ? Leur parles-tu de moi ? Ça me fait de belles jambes ! J'ai une importance juste quand tu as besoin ou envie de moi ? Une femme entretenue ? Une poule de luxe ?

— Arrête !

— Et pourquoi j'arrêterais ? J'attends depuis trop longtemps de pouvoir vider mon sac.

— Ouais... Je l'ai sans doute mérité.

— ...

— Je te dégoûte ?

— Non. Tu m'exaspères.

— Je ne te crois pas.

— Tu devrais. Je suis juste révoltée que tu t'enfermes dans un état d'esprit catastrophiste, ou un statut de victime en permanence. Depuis toutes ces années, je ne fais que te tendre la main. Tous mes efforts pour t'aider me semblent inutiles. Je vais te dire autre chose, s'il y avait eu une autre femme entre nous, j'aurais sans doute accepté cette rupture, je me serais fait une raison.

— Pas sûr.

— Sans doute dans la déchirure également. Mais j'aurais réussi à tourner la page, une fois de plus. Oui, j'avoue que je n'aurais pas compris pourquoi elle aurait droit à tes faveurs, et pas moi. Le pincement de la jalousie aurait existé. Mais pas une rupture comme celle-là. Je ne l'admets pas parce que je sais qu'il y a de l'amour entre nous, quoi que tu en dises.

— Je te l'ai déjà dit à de nombreuses reprises, je n'en vaux pas la peine.

— Léonard, tu es infernal.

— Voilà, enfin une parole sensée.

— Tu ne peux pas continuer de cette manière.

— Tu proposes quoi ?

— Un psy ?

— Tu as le sens de l'humour.

— Tu en as vu un à ce que j'ai compris dans ton message.

— Ça date.

— De quand ?

— J'étais môme, quinze ou seize ans.

— Ça ne s'est pas bien passé ?

— Je n'ai pas accroché.

— Pourquoi ?

— Il voulait que j'oublie ma mère.

— Pour quelle raison ?

— Elle est morte quelques années plus tôt.

— Oh ! Tu ne m'en as jamais parlé.

— Aucun intérêt.

— Soit! Je pense qu'il voulait juste t'aider à entamer le processus de deuil.

— Tu ne sais pas de quoi tu parles.

— Sans explication, je ne risque pas de savoir, tu as raison. Je suis là pour toi, moi, pas contre toi.

— Pardon Maria, pardon.

— Tu vas mal, tu as besoin d'aide, ça devient urgent avant qu'il y ait un drame. Tu le sais bien, tu en es conscient. Tu plonges dans l'alcool et dans les drogues, tous ces mélanges vont avoir une issue fatale. Tu le sais aussi.

— Bien sûr.

— Je veux bien t'écouter ça ne fait aucun doute. Mais je n'ai pas les compétences pour te guider sur le bon chemin, te montrer la bonne direction à prendre.

— Tu en as assez fait.

— À nous voir aujourd'hui, sans doute pas assez. Prends soin de toi, je suis sérieuse, vraiment...

— Oh Maria... Ma rose... Pardonne-moi! Mes hallucinations et mes cauchemars me rendent fou. Je ne sais plus où j'en suis, je ne sais même plus qui je suis, je suis complètement paumé. J'ai honte de ce que je te fais subir. Je ne sais pas comment faire autrement. Enfin si, il y a bien une solution qui résoudrait tout... Radicale... Je suis trop lâche pour en arriver là. Tu es tout pour moi. Je sais que je ne le dis pas assez, voire jamais, mais tu es ce qui m'est arrivé de plus beau dans ma chienne de vie... Pardon !

J'ai un coup au cœur, un de plus. Léonard est tombé à genoux devant moi. Il me supplie, en larmes. Je suis restée assise. Il pose sa tête sur mes cuisses, il me serre dans ses bras comme il ne l'a que très rarement fait.

Je sais pertinemment qu'il est d'humeur changeante, colérique. Mais à ce moment présent, je le sais sincère. Le masque tombe, pour la première fois.

— On en est où, nous deux, Maria ?

— À toi de me le dire. C'est toi qui voulais tout arrêter.

— J'ai agi comme un con, une fois de plus.

— Oui.

— Tu veux encore de moi ?

— Peut-être...

— Je ne t'en voudrais pas vas ! Tu as le droit de vivre autre chose de mieux.

— Si je te dis oui, ce sera à mes conditions.

— Lesquelles ?

— Tu te décides à consulter, sérieusement.

— Quoi d'autre ?

— J'ai besoin que tu m'intègres dans ta vie. J'ai besoin d'exister physiquement pour ta famille, tes amis. Je ne veux plus vivre en background[22].

— Ouais...

— Une dernière chose... Il faut aussi savoir ce que tu veux. Je tiens à toi, mais je ne suis pas une marionnette. Tu me jettes, tu me prends, tu me rejettes encore ? Je ne veux plus de ça. Si tu me repousses à nouveau Léo, ce sera la dernière fois. Je ne reviendrai plus.

— J'ai compris.

— Pars l'esprit tranquille, je te pardonne pour cette fois. Mais là encore, ce sera la dernière fois.

— Je te rappelle ? Je ne sais plus où j'en suis.

— Si tu veux. Prends le temps qu'il faudra.

— Merci ma rose.

— Prends soin de toi.

◆

« Mille mercis de n'avoir pas complètement fermé ta porte. Je sais à quoi cela m'engage. Je suis à nouveau entré en contact avec un psy. La secrétaire était occupée, elle va me rappeler pour me donner un rendez-vous. Et toi ? Dans quel état d'esprit es-tu aujourd'hui ? »

« C'est une sage décision. Va au bout des choses. Je t'offrirai mon aide si tu le souhaites. Il faut faire face à tes démons pour t'en débarrasser. Cela va être difficile, mais pour un mieux ensuite. Je t'accompagnerai et je te soutiendrai, mais je ne te porterai pas. Il te revient, à toi seul, de faire tout le travail, pour toi d'abord.

Bon courage. Tout ne s'est pas fait en un jour. Je suis plus calme aujourd'hui, voire apaisée. Il fallait un clash pour mettre à plat les malaises. Les choses vont évoluer. Mais je ne veux surtout pas que tu agisses uniquement pour me faire plaisir. Il faut que tu les fasses parce que tu en as besoin et envie, pour toi seul».

Nous y sommes. Je croise les doigts pour que la situation s'arrange, pour lui, dans un premier temps. C'est un grand pas en avant. Il vient de faire preuve de beaucoup de courage.

Accroche-toi Léonard, redeviens le conquérant que j'ai connu et que j'espère retrouver. Le chemin sera semé d'embûches, mais le résultat vaut la peine de s'y atteler. Je t'attendrai et te tiendrai à nouveau la main, à tes côtés, comme je le suis depuis notre première rencontre.

Ce n'est qu'un au revoir.

CHAPITRE XVIII
Quel est le problème ?

Léonard

— Il faut qu'on discute sérieusement docteur.

— Vous venez me voir pour cette raison il me semble.

— Entre nous, vos honoraires sont assez élevés.

— C'est le tarif. J'imagine que ce n'est pas l'objet de votre requête.

— Je ne tiens pas à continuer ces consultations.

— Pourquoi ?

— Elles n'amènent à rien. Les médicaments ne vont pas résoudre ma situation. Ce n'est qu'un pansement sur une plaie ouverte. Si la plaie ne cicatrise pas, la cacher ne servira à rien.

— Qu'est-ce qui va résoudre votre situation ?

— Changer de vie.

— Que pensez-vous faire pour y parvenir ?

— Changer de métier dans un premier temps.

— C'est un début. En ensuite ?

— Je verrai en fonction de ce qui se passera.

— Vous savez pertinemment que votre état psychologique doit être surveillé, vous êtes fragilisé. Un simple changement de rythme de vie peut vous soulager, c'est même fortement conseillé. Le travail de nuit n'est pas compatible avec les états dépressifs, et a la faculté de les provoquer, voire de les aggraver. Mais ce ne sera pas suffisant.

— Et continuer aux antidépresseurs, ça suffira ?

— Il s'agit de stabiliser vos fluctuations d'humeur. Vous en avez besoin.

— Je n'en veux plus. D'ailleurs, j'ai viré la dernière boîte qui me restait.

— C'est une grave erreur de stopper ce genre de traitement brutalement. Vous risquez de retomber encore plus bas.

— Parce que je ne suis pas assez enfoncé selon vous ? Je pensais que j'étais déjà au fond du trou.

— En agissant de cette manière, vous ne faites qu'empirer les choses. Vous risquez de descendre encore plus profondément dans le mal-être. Votre état dépressif sera, de fait, plus difficile à gérer et à rétablir.

— Je m'en fiche. Je n'ai plus rien à perdre.

— Nous avons tous quelque chose à perdre. Si vous persistez, vous arriverez à un stade où il n'y aura plus aucun autre choix que de vous hospitaliser.

— Mais bien sûr ! M'enfermer chez les fous va évidemment me soigner. C'est la meilleure celle-là ! Fichez-moi la paix.

— Le grand problème en règle générale, c'est que l'on ne prend pas en charge une personne tant qu'elle n'a pas reconnu clairement que son état nécessitait des soins, donc qu'elle n'a pas reconnu qu'elle était effectivement malade. En admettant qu'elle soit apte à l'exprimer. Il est certain que tant que vous n'aurez pas le déclic, je ne pourrai rien faire pour vous. Un médecin seul ne peut rien, il reste totalement impuissant face à un patient qui ne s'ouvre pas aux soins.

— Merci de le reconnaitre docteur, je suis un cas irrécupérable. Vous perdriez votre temps avec moi. Vous avez d'autres chats à fouetter.

— On en reste donc là.

— Quittons-nous bons amis.

— Je respecte votre volonté. Sachez que vous pouvez me contacter quand vous voulez. Je me tiens à votre disposition si besoin.

— Vous êtes bien aimable.

Je quitte le cabinet médical, persuadé que le psychiatre cherche juste à remplir son portefeuille. Et on va dire après qu'il y a un trou, non, un gouffre à combler à la Sécurité Sociale.

Je balance sa carte de visite dans la première poubelle que je trouve à ma portée, avec le plus grand des plaisirs. Je crois que j'ai même le sourire. Je garde la situation bien en main. Je suis dans le contrôle.

À croire que j'étais aussi détraqué que tous ceux qu'on enferme entre les quatre murs d'une chambre d'hôpital. C'est comme si on me jetait dans une cellule, camisole de force en plus, shooté jusqu'à la moelle, jusqu'aux yeux.

Et après ? Ma vie en serait-elle plus légère, la tête dans le gaz en permanence ? J'avoue, je me la mets assez moi-même, comme un grand. Pas besoin d'un toubib pour les fous pour y parvenir.

Donc, la preuve est là, j'organise ma thérapie tout seul. Je m'embrume l'esprit tout seul. Dans ce cas, autant continuer sur ma lancée. Les pansements et les placébos, j'en ai tout un stock.

Changer de travail, c'est tout ce que je veux. Lui aussi voulait que je lui parle de ma mère, de mes parents. Qu'est-ce qu'ils ont tous ? C'est une véritable obsession. Le seul responsable, c'est mon père. Pas besoin d'eux pour le savoir. Pardonner ? NON. Oublier ? Encore moins.

Je sais ce qui ne va pas. Je sais de quelle manière résoudre le problème. Je sais aussi que je ne supporte plus le genre humain, ses manques de civisme, de politesse. Je veux qu'on me respecte. Je veux qu'on m'aime aussi.

Compliqué avec mon job. Il paraît qu'on ne se fait pas d'amis à être agent de sécurité. Pas d'état d'âme, aucune pitié. Les amis ? On doit leur tourner le dos en cas de non-respect des règles. On ne connaît plus personne. Donc, forcément, ça n'aide pas.

Je refuse désormais toute entrave à ma liberté d'expression. Je revendique le droit à vivre comme je l'entends. Dommage que cela ne plaise pas. Je suis détraqué ? J'ai juste un point de vue divergeant au vôtre. Je revendique également le droit à la différence.

Sur le chemin du retour, je pense à Maria que je vais décevoir une fois de plus. Par cette décision, je risque de la perdre définitivement. Ses espoirs s'envoleront. Mais c'est ma décision... irrévocable.

◆

Maria

Léonard a suivi une thérapie quelques semaines. Oui, c'est déjà du passé. Je le déplore. Il refuse les soins, arguant que la médication ne fait que masquer ses blessures. Le seul moyen d'améliorer sa qualité de vie serait un changement de situation professionnelle.

Nous avons discuté longuement sur la question. J'ai tenté de trouver des arguments plausibles pour le faire réfléchir. Il ne changera pas d'avis, quoiqu'il advienne.

Après tout, pourquoi pas. Il préfère se jeter dans des explorations spirituelles indécises et malsaines, n'ayant pas la force, dans l'immédiat, d'y remédier. Je veux bien admettre que ce rythme de fou n'arrange personne.

J'avais espéré qu'il persévère, mais il en a décidé autrement. Il n'est sans doute pas encore prêt pour un revirement aussi brutal. Il n'est pas disposé non plus à entendre raison sur le fait qu'une thérapie l'aurait aidé à appréhender sa situation de manière plus sereine, ou moins négative.

Il n'en est pas ainsi. Je respecte cet état de fait, non sans inquiétude pour l'avenir. L'orage qui nous a ébranlés est derrière nous. Il a néanmoins réellement pris conscience des réalités. Je me suis à nouveau rapprochée de lui, n'ayant pas le cœur à l'abandonner, alors que tout va de travers.

Je l'ai accepté dans ma vie en connaissance de cause. Il m'avait prévenu de la difficulté à avoir une vie, sociale ou privée. Il m'avait mise en garde aussi contre la lassitude qui s'emparerait de moi, n'entendant parler que de travail. Il m'avait mise en garde contre ses silences, ses non-dits, ses angoisses. Je l'ai accepté en l'état. Je suis restée.

Mais il est vrai que l'accumulation, la saturation dans laquelle il se trouve aujourd'hui ne l'aide pas à garder la tête haute, à faire face. C'est marche ou crève, sans limite. Il me semblait pourtant qu'à une certaine époque, il avait retrouvé la confiance en ce métier. Cela n'a pas duré. Un planning de trop, un déséquilibre de trop dans l'attribution des vacations a tout fait basculer. Il s'est renfrogné de plus belle. La colère a refait surface. La consommation d'alcool et autres substances a suivi proportionnellement l'intensité de son stress.

Comment pourrais-je lui tourner le dos dans un moment où sa détresse atteint des sommets inimaginables. Je savais ce qui m'attendait.

Une nuit parmi tant d'autres qui ne déroge pas à la règle, maussade, agitée et violente. Léonard commence à me faire peur. Parfois, il semble ne pas me reconnaitre, ne pas me voir. Je deviens invisible, transparente, inexistante. Il faut vraiment que quelqu'un m'explique. Il arrive toujours un moment dans la vie où l'on doit savoir où on va. Et là, je navigue à vue, sans horizon possible.

J'appelle Claude. Nous avons convenu de nous retrouver chez moi. Léonard a besoin de calme. Dans tous les cas, il faut que j'aie cette conversation avec elle seule.

Quinze heures. J'entends un bruit de moteur devant la porte d'entrée. J'écarte le rideau de la fenêtre de cuisine et aperçois madame la commissaire de police devant chez moi.

J'ouvre et je l'invite à entrer. Elle reste muette. Moi aussi. Cette situation crée un malaise certain, une tension palpable.

Nous nous installons dans le salon. J'ai préparé des pâtisseries et du café, histoire de détendre l'atmosphère.

Je me décide à aborder le sujet afin de rompre la sensation de gêne provoquée par le silence.

— J'essaie de comprendre depuis des semaines, autant dire des mois, ce qu'il se passe chez Léonard, et personne ne se décide à éclairer ma lanterne. Ce secret d'état commence à devenir ridicule. Il serait temps maintenant de lever le voile. À ce niveau, c'en est devenu une bâche. Il faut me dire Claude. Léo va de plus en plus mal. Je veux comprendre pourquoi.

— Il a trop de fantômes contre lesquels il ne veut rien faire depuis des années.

— Lesquels ?

— Je te l'ai déjà dit... Tout vient de l'enfance, entre autres choses.

— Il est grand temps de m'expliquer, tu ne penses pas ?

— Si tu y tiens...

— Tu peux soupirer, mais je ne lâcherai plus.

— Aussi têtu l'un que l'autre. Vous allez bien ensemble.

— Arrête ton baratin et va aux faits.

— Il a vu sa mère se faire tuer devant ses yeux étant gamin. Je ne sais plus quel âge il avait. Il était seul avec elle ce soir-là.

— Où était son père ?

— En infiltration. Il était en mission depuis trois jours. C'était un bon flic.

— Oh ! Il n'a connu que ça alors.

— Eh oui. Le virus est dans son sang depuis sa naissance. Les collègues, les officiers de gendarmerie, les agents des Renseignements Généraux étaient régulièrement à la maison. Il a grandi au milieu des armes à feu, des histoires de filature, d'infiltration sous couverture. Il a même accompagné son père à ses exercices de tir ou dans les cabarets qui servaient de planques et de quartiers généraux durant les enquêtes.

— Son père, il partait loin de sa famille ?

— Il parcourait l'axe Paris-Dijon-Lyon. Il connaissait les bas quartiers et les cabarets de jazz comme sa poche. Il côtoyait les prostituées qui étaient de ses meilleurs informateurs. Il s'en servait aussi pour ses infiltrations parfois. Il est même arrivé que l'une d'entre elles appelle par mégarde au domicile. Ce qui n'a pas manqué de le mettre dans une colère noire.

— Et comment Léo a-t-il vécu tout cela ?

— À ce qu'il m'a dit, il était en admiration devant ces hommes en uniforme ou non, et surtout devant les armes qu'ils déposaient devant eux lors de leur visite pour les soulager un peu. À vrai dire, on ne s'en rend même plus compte. On vit avec. Ces petits joujoux font partie de nous. Dans sa tête d'enfant, il croyait évoluer dans un film, à l'image de ces super héros des sagas policières ou d'espionnage.

— Ce n'est pas une ambiance pour un petit garçon tout ça.

— Disons qu'au lieu de jouer aux cow-boys et aux indiens comme les autres gamins, il jouait aux gendarmes et aux voleurs. Cela lui donnait de l'importance d'avoir une vie hors du commun par rapport à ses camarades. Il en était devenu populaire.

— Drôle de vie tout de même. Son père était son héros alors...

— Oui, même s'il était très dur avec Léo. Il est devenu taciturne, surtout à la veille des départs en mission, et puis il imposait le silence à sa femme et son fils. « Tout ce qu'il se passe et se dit ici ne sort pas de la maison ! » qu'il disait.

— Pas facile pour un enfant hein ?

— Surtout pour sa mère. C'est le prix à payer pour avoir épousé un flic. Tu comprends pourquoi je ne l'ai jamais fait ? Il faut être du même monde pour intégrer cette ambiance et supporter tous les travers inhérents à ce métier. Et même à ces conditions, l'osmose ne s'installe pas forcément, à trop se ressembler.

— Tu as quand même une vie privée.

— Oui... Pour ce qu'elle vaut... Tu en as la preuve aujourd'hui, tu le constates tous les jours, même s'il a quitté les rangs. Sinon je ne serais pas vers toi à en parler. L'instinct de chasse et de survie est toujours bien ancré dans ton esprit. Il ne te lâche jamais. Te voilà prévenue... Bref, tout ce blabla pour te dire que le résultat a été que Léo s'est renfermé et a suivi l'exemple de son père. Surtout après le décès de sa mère.

— Elle est morte comment ?

— Il était seul avec elle comme je te l'ai dit. C'était un week-end d'infiltration de trop. Un gros gibier avait été levé quelques jours plus tôt. Mais des détails le chagrinaient. Il a voulu en savoir plus. Il est donc reparti, malgré l'interdiction de sa hiérarchie.

— C'est une vengeance alors ?

— Sans doute. Ils ont voulu faire pression sur lui pour qu'il lâche l'affaire et s'en sont pris à la famille.

— La vache !

— Comme tu dis. Après ça, il a démissionné.

— Et Léo dans tout ça ?

— Il garde un traumatisme évident de ne pas avoir pu protéger sa mère. Mais surtout, il a grandi dans une colère, voire une haine envers celui qui n'était pas là au bon moment. Il juge son père entièrement responsable du fiasco.

— Pourquoi avoir voulu ce métier après tout ça.

— Tu sais, être flic, ça ne se décide pas comme ça. C'est un virus qu'on a dans le sang encore une fois. A plus forte raison quand il y a un terrain prédestiné dans ton A.D.N.

Mais je pense qu'il a choisi cette profession pour se prouver qu'il pouvait être meilleur. Ce qui m'a fait peur au début de son intégration, c'est le sentiment que j'avais d'une envie de vendetta. J'en ai eu le cœur net au bout d'un moment en le surprenant à fouiller dans les anciens dossiers de son père aux archives.

Il a retrouvé la trace d'une prostituée, qui ne lui a pas vraiment appris grand-chose. Je suis persuadée qu'aujourd'hui encore, il garde au fond de lui une énorme culpabilité. Il a cherché à se prouver qu'il était différent. Un flic meilleur.

Jusqu'au moment de cet appel d'urgence d'une femme en situation de violence conjugale. Il avait fumé ce soir-là, et bu aussi. Et quand je te dis fumé...

— Oui, j'ai compris.

— Mouais. Il était plus ou moins passé de l'autre côté de la barrière, pour la bonne cause qu'il disait.

— Prétexte pour s'évader à moindres frais...

— Si on veut. C'était une lame à double tranchant. En échange de lui fournir ses joints gratis, il avait offert l'immunité à son indicateur.

— Il aimait jouer avec le feu.

— Disons qu'au bout d'un certain temps, il ne faisait plus la différence. Il a mis les pieds dans un engrenage sulfureux. Il n'avait plus trop le choix.

— Et pourtant il est parti ?

— Il n'a pas pu sauver la femme victime du mari violent. Il est arrivé trop tard. Il a fait un transfert sur sa mère. Ça a été le supplice de trop.

— Il a vu quelqu'un pour l'aider ?

— Il n'a jamais voulu. Il a pété les plombs et a démissionné. Le privé était, d'après lui, la seule solution. Il avait honte de lui.

— Mouais. Pas facile tout ça.

— Je dois aussi t'expliquer une chose. Chez nous, les agents des forces de l'ordre, le stress s'accumule, la peur est omniprésente. Peur quand on intervient dans des contextes de violence conjugale, peur dans les cas de violences urbaines, peur dans les situations de mise en danger d'enfants dans le cadre familial. Et je ne te parle pas des interventions concernant les braquages. Bref. On arrive à faire face parce que c'est notre job. On est là pour rassurer la population au détriment de notre santé physique et mentale.

Malheureusement, l'accompagnement ne nous est pas toujours permis, ce que je déplore fortement. Et à ce niveau, je ne vaux pas mieux que mes collègues, quel que soit leur échelon ou leur fonction.

Quand tu subis toutes ces tensions pendant des années et que tu absorbes en permanence comme une éponge en restant stoïque et imperturbable, certains d'entre nous sont plus fragilisés que d'autres. Ils finissent par développer un syndrome de stress post-traumatique. Ils craquent, à leur manière.

Quand on en arrive à ce niveau de souffrance, on ne maîtrise plus notre capacité de discernement. Ce qui peut expliquer certaines déviances.

Les médias ne se gênent pas pour nous lyncher sans sommation. Nous sommes fustigés dès que l'occasion se présente, encensés à certaines périodes, matraqués à d'autres. L'opinion populaire peut être sans appel et avoir des conséquences dramatiques dans nos esprits. Léonard ne fait pas exception à la règle. Il a vraiment besoin d'aide Maria. Tu es certaine de vouloir continuer ?

— Plus que jamais.

— Maintenant que tu sais tout ça ?

— Il était grand temps, non ? Je repense à une chose, l'arme qu'il détenait, c'était réellement celle de son père ?

— Peut-être. Il traîne des casseroles beaucoup trop lourdes pour un homme seul. Oui, c'était la sienne.

— Je comprends mieux certaines choses. Ne t'en fais pas. J'arrive à gérer des animaux en souffrance. Ils ne parlent jamais eux ! Alors Léo, je serai patiente.

— À toi de voir. Bon, faut que j'y aille.

— Merci Claude pour tout ça, j'avais besoin de savoir.

— Ne me remercie pas. Tu te trouves dans une grosse galère crois moi.

— Salut commissaire. Merci pour tout.

Je me retrouve seule, pensive, perplexe, mais déterminée. Il va falloir que les choses évoluent. À nous deux, Léonard le conquérant.

CHAPITRE XIX

Assassin!

Claude

— Messieurs, il va falloir passer à la vitesse supérieure.

— Laquelle patron ?

— On se motive pour aller appréhender Léonard. Il faut le mettre en garde à vue et l'interroger.

— Vous avez prévu le stock d'aspirine ?

— Blague mise à part, je devrai bien tenir. Je ne peux plus reculer.

— On a toutes les preuves.

— Il nous manque le mobile. Pourquoi aurait-il fait tout cela ? Pour quel motif ?

— Vous croyez qu'il va se mettre à genou aussi facilement ?

— Il connaît la chanson, il faudra y aller mollo.

— Qui va se charger de son interpellation ?

— Vous, LUCAS, et moi.

— Ah quand même.

— Il ne doit pas nous filer entre les pattes. Il a toujours l'instinct de survie. Qui plus est aujourd'hui. Les automatismes ne se perdent pas du jour au lendemain.

— À quand la petite sauterie ?

— Maintenant... En route messieurs.

Je me mets en marche avec mes hommes. Nous récupérons notre équipement réglementaire et, résignés, nous nous dirigeons au domicile de notre ancien collègue.

Je manque de rebrousser chemin à chaque coin de rue, à chaque virage qui nous rapproche un peu plus de la cible à atteindre. Je sens la réticence dans le regard de mes acolytes. J'évite de le croiser, de peur de faire une entorse à la procédure.

Pas simple de passer les menottes à un ancien flic. La nuance est là, il n'en est plus un. Je dois le considérer comme un quidam parmi tant d'autres, passible de la cour d'assises, sans réfléchir plus loin. Ses prérogatives ne sont plus, quand bien même, avec de tels dérapages, un flic en poste ne serait pas plus protégé... Normalement...

Je coupe le contact devant son domicile et je jette un coup d'œil alentour. La voiture de Maria n'est pas là. Il devrait être seul. Je soupire au soulagement relatif que cette déduction me procure. Je vais pouvoir éviter un drame psychologique inutile sur une victime collatérale.

J'inspire profondément pour me donner le courage d'accomplir ma tâche. Je frappe deux coups à la porte d'entrée.

Léonard ne tarde pas à se présenter à moi. «Je t'attendais». Je n'ai pas à parler. Il connaît la chanson. Il me suit sans opposer de résistance. Je n'ai pas le cœur à lui passer les pinces... Mes hommes acquiescent et, d'un commun accord, nous lui donnons l'autorisation de pénétrer dans le véhicule sans entrave. Nous ne parlerons pas de ce manquement au règlement. Je lui déclame ses droits.

Le chemin à parcourir est long. Aucun de nous ne prend la parole, aucun de nous n'ouvre la bouche ne serait-ce que pour soupirer ou bailler. Une mouche tente sa chance. Je l'écarte du revers de la main, impatiente. Nous arrivons enfin à bon port. Pour donner bonne impression, je lui demande de tendre les bras afin de fixer les menottes à ses poignets avant de pénétrer dans le commissariat.

J'accompagne ensuite Léonard en salle d'interrogatoire. Il est inutile de le guider, il connaît le chemin. ROBERT et LUCAS restent à l'écart, nous observant par le biais d'un miroir sans tain. Je prends place face à notre ancien frère d'armes, mon ex-compagnon de vie. Je dois me concentrer pour ne voir en lui qu'un criminel en puissance, bon à envoyer au trou.

Je prends le temps de déployer les dossiers devant lui, photographies sous les yeux, bien en évidence. Les trois visages meurtris par l'horreur des actes.

Il m'observe dans ma manœuvre, les bras croisés sur la poitrine, en silence. Je reste muette à mon tour, jaugeant l'homme que j'ai si bien connu et qui est devenu, en quelque sorte, un parfait étranger par certains aspects.

— Tu as besoin de quelque chose ? Un café ? Un verre d'eau ?

— Tu me vois boire de l'eau moi ?

— Ça te ferait du bien, ça te changerait un peu.

— Ne me fais pas rire.

— Je te repose une dernière fois la question Léonard. Tu as bien compris les droits que nous t'avons annoncés ?

— Parfaitement bien.

— Tu ne souhaites pas la présence d'un avocat ?

— J'en ai besoin ?

— À toi de me le dire.

— À toi de me le prouver.

— Avant de commencer, tu as des précisions à apporter ? Des commentaires ?

— Tout ce que je dirai pourra être retenu contre moi.

— Demande un avocat.

— ...

— Observe bien ces clichés, dis-moi si tu reconnais ces visages.

— Jamais vus.

— Tu en es certain ? Regarde encore !

— Je devrais les reconnaitre selon toi ?

— Peut-être... Certainement même... Mais réfléchis encore un peu.

— C'est tout réfléchi... Je ne connais pas.

— Je ne te demande pas si tu les connais, mais si tu les reconnais.

— Tu joues sur les mots.

— Je veux juste poser des questions ciblées et précises pour obtenir des réponses tout aussi précises.

— Toujours aussi perfectionniste.

— J'aime le travail bien fait.

— Moi aussi. On s'entendait plutôt bien non ?

— La question n'est pas là.

— Elle est où la question Claudie ?

— J'ai tout mon temps Léo. Reconnais-tu ces visages ?

— Aucune idée. Je devrais ?

— À quoi tu joues ?

— Je n'avais pas compris que c'était un jeu. Qui fixe les règles ? Toi comme toujours ? Fidèle à tes habitudes ? Dans ce cas, les dés doivent être pipés. Je ne joue à rien du tout. Je prends mon temps, comme toi. Ceci dit, celui que je préfère est le jeu du chat et de la souris. J'adore la guetter devant son trou et l'attraper au vol quand elle croit que j'ai relâché ma vigilance.

— Je ne suis pas une souris.

— Détrompe-toi, tu es la plus belle dans mes souvenirs. Il me semble que tu aimais, à une certaine époque, être prise au piège dans mes griffes... Ces têtes sur tes photos, pourquoi je devrais m'en souvenir ?

— C'est toi qui poses les questions ?

— Il faut équilibrer les choses.

— Moi, je questionne, et toi, tu réponds. Ça fonctionne de cette manière. Pas autrement. Tu vois, la règle du jeu est on ne peut plus simple.

— C'est toi qui la fixes, encore une fois. Et ce que femme veut... Je ne m'en souviens pas.

— Tu persistes ?

— Et je signe.

— Tu les as croisées pourtant, toutes ces personnes.

— Sans doute. Le monde est petit.

— D'autant plus petit que tu les as approchées sur ton lieu de travail, la veille de leur assassinat, ou dans la même journée, dans les quelques heures qui ont précédé leur mort.

— Ah oui ? Si tu le dis... Si tu crois que j'ai en mémoire la tronche de trois cents salariés, sans compter les visiteurs, les transporteurs... et j'en passe.

— Tu étais le physionomiste le plus compétent de la brigade. Pourquoi aurais-tu changé ? Ce genre d'aptitude, on ne le perd jamais.

— Je dois être un des rares à jeter tout cela au panier.

— Tu travailles au poste sécurité de cette usine depuis combien de temps déjà ? Huit ? Dix ans ?

— Je ne compte pas. Je ne retiens pas les dates.

— On mémorise beaucoup de choses dans un laps de temps aussi long. Les têtes habituelles restent gravées, on crée des liens, on discute, bref, on finit par ne plus être de parfaits étrangers. Le copinage existe même s'il est fortement recommandé de ne pas le mettre en pratique.

— Tu parles pour ta propre expérience ? Le copinage a pourtant bien fonctionné au début entre nous, non ? Il a mal fini aussi.

— Tu mélanges tout.

— Madame la commissaire est perturbée ? Je te sens troublée. Tu caches ton jeu, sauf que je te connais par cœur Claudie. Tu ne vas pas me la faire... Pas à moi.

— Je cherche juste à comprendre comment un agent doté de telles aptitudes et compétences comme toi peut, du jour au lendemain, devenir amnésique.

— Demande à un toubib. Tu les adores ces mecs-là.

— Tu y viendras forcément un jour. Nul n'est infaillible.

— Je suis Superman.

— Superman perd la mémoire selon toi ? Cette personne juste là, oui, celle-là, tu l'as côtoyée à plusieurs reprises. Tu devrais te rappeler son existence et son identité.

— Je suis persuadé que tu vas te faire une joie de m'y aider.

— La soirée de mon cinquantième anniversaire.

— Ah ouais ! Super tes cinquante ans !

— Mathilde, la personne avec laquelle tu t'es empoigné pour une histoire débile. Tu as fait un scandale.

— Effectivement, cela me revient ! Ce n'était pas une histoire débile. Elle a renversé son verre de champagne sur ma chemise neuve.

— Tu parles d'une affaire !

— Elle m'a agressé.

— Il fallait juste la laver.

— Qui ? Mathilde ? Elle n'avait qu'à faire attention.

— Tu étais bourré.

— Oh comme tu y vas... Je commençais juste à me détendre un peu.

— Et puisqu'il faut que je te mette les points sur les « I », le légiste a retrouvé des traces d'ADN t'appartenant sous ses ongles.

— Là aussi ça me revient. Elle m'a demandé de l'aider pour je ne sais plus quoi. Elle est tombée et s'est raccrochée à moi. Elle m'a griffé en s'agrippant.

— Et l'ouvrier Gérard ANTOINE qu'est-ce qui s'est passé ?

— C'est qui ?

— Ton ADN a également été identifié sur les morceaux de vitre cassée.

— Il m'a demandé de l'aider à la changer. Je me suis égratigné... Tu te rappelles ? Le copinage.

— Donc, tu admets que tu reconnais, et que tu connais ces visages ? Et par conséquent leur identité ?

— Si tu le dis. Tu sais que tu es belle quand tu es en colère ? J'avais oublié à quel point tu étais pétillante à certains moments.

— Tu m'exaspères ! Je vais prendre l'air. Toi, tu restes assis bien sagement.

— À vos ordres commissaire !

◆

— Qu'est-ce que ça donne les gars ? Qu'en pensez-vous ?

— Il est impressionnant patron. Il est dans le contrôle le plus total.

— J'avoue que je n'en tire pas grand-chose.

— Il a sous-entendu connaître deux des victimes.

— Ça ne mène pas loin.

— Il joue constamment avec vos nerfs.

— J'ai bien peur qu'il finisse par obtenir satisfaction. Je vais le baffer si je continue. Je ne pourrai pas me contenir encore bien longtemps.

— Vous êtes trop proches l'un de l'autre. Vous vous connaissez dans les moindres détails. Il sait comment vous allez procéder, et il anticipe. Il faut reconnaitre qu'il est fort.

— Oui, sans doute plus fort que moi. Il lit plus en moi que je ne lis en lui. Je n'arrive pas à le percer à jour.

— Vous êtes encore amoureuse patron ?

— Vous dites n'importe quoi ROBERT.

— Une grosse nostalgie du passé dans ce cas ?

— Je vous l'accorde. Je l'ai toujours envié pour sa facilité à bluffer sans perdre son sang-froid. Il a une sacrée capacité de concentration. C'est un don qui le rendait inégalé dans les missions d'infiltration.

— Le mécanisme est toujours activé.

— Il en est subjuguant !

— Vous êtes trop impliquée. La mayonnaise ne prendra pas. Je prends le relais si vous voulez.

— Vous avez travaillé avec lui, il va être dans le même état d'esprit. Il va vous jauger en permanence. Un loup reste un loup.

— Jusqu'à ce qu'il rencontre plus fort que lui. Le prédateur de trop.

— Ne vous y fiez pas. Je l'ai vu être capable de s'extirper de situations extrêmement délicates. Là où d'autres ne s'en sortaient pas. Il a été à bonne école.

— Son père était un bon.

— Un des meilleurs ROBERT, les chiens ne font pas des chats.

— Regardez-le, il reste impassible, ne montre aucun signe d'impatience.

— À vous de jouer. LUCAS vous accompagne.

— Roulements de tambour... Les gladiateurs pénètrent dans l'arène !

— Il faudra bien qu'il se mette à table.

◆

— Salut Léo.

— Tiens ! On m'envoie les sbires maintenant !

— Comment ça va ?

— Ça t'intéresse ? Mieux que vous apparemment.

— Grand bien te fasse.

— Vous êtes venus en renfort ? C'est trop d'honneur messieurs.

— On n'est pas là pour se faire des mondanités.

— Dommage, j'aime bien les salamalecs.

— Bon, on va entrer dans le vif du sujet tout de suite. Ces trois massacres, c'est ton œuvre ?

— Je voudrais bien vous épargner de la fatigue inutile, mais pourquoi les aurais-je tués ces gens-là ? Prouvez-moi tout d'abord que j'ai commis ce dont vous m'accusez.

— Tu veux qu'on soit direct ? On va être direct. Ton ADN a été retrouvé sur les trois scènes de crime. Sur la première, des traces de sang sur les bris de vitre de la porte d'entrée, à l'arrière du jardin du pavillon. Concernant la seconde, la victime avait des échantillons de peau t'appartenant, sous les ongles. Et pour le troisième, non seulement nous avons ton ADN, mais tu as été formellement identifié par le vétérinaire qui t'a refilé les saloperies pour shooter le chien du routier que tu as flingué avec ton calibre. Lequel a été également formellement identifié par les experts de la balistique.

— Respire LUCAS.

— Je ne rirais pas si j'étais à ta place Léo.

— Je suis juste devenu la star incontournable de la brigade, et oui, je m'amuse comme un fou ! Vous voulez des autographes ?

— Tu risques la réclusion à perpétuité. Tu en es conscient ?

— Ben non, puisque je n'avoue pas. Et pourquoi j'aurais agi comme vous le dites, puisque vous êtes si forts ? Et comment pouvez-vous affirmer qu'il s'agisse bien de mon A.D.N. ? Je ne suis fiché nulle part.

— Tu te rappelles ton petit tête-à-tête dans le bureau du patron ? Ton verre, fallait bien qu'il serve à quelque chose.

— Mata Hari[23] est dans la place les mecs ! Planquez-vous ! Elle m'a poignardé dans le dos... Bravo... Je ne l'en aurais jamais crue capable. Comme quoi... On ne peut vraiment compter sur personne de nos jours. Je suis déçu !

— Et tu te marres ! Bien, maintenant tu te calmes et tu arrêtes de te foutre de nous. À toi de nous dire quelles ont été tes motivations. Le premier ? Quel a été ton mobile ?

— Ah ! On y est ! Les grands mots sortent ! Que tout le monde s'installe confortablement dans son fauteuil, le spectacle commence !

— Et Mathilde ? Qu'est-ce qu'une retraitée peut avoir provoqué chez toi pour que tu t'acharnes ?

— Je ne donne pas dans les maisons de retraite.

— Le routier dans ce cas ?

— Je n'aime pas les étrangers qui se la pètent.

— C'est-à-dire ?

— Juste que je ne les aime pas. Et qu'est-ce que ça prouve ?

— Et nous Léo... Si on te chauffe un peu trop... Tu nous agresses aussi ? Comme les autres ?

— Je ne vois pas de quoi vous parlez.

— On va te le dire. La première victime, l'ouvrier... Il semblerait qu'il n'ait pas toujours eu un caractère facile, voire réactif aux règlements. On a appris qu'il pouvait être assez virulent face à certaines situations. Quand il se positionne en seigneur et maître, on doit lui obéir. Tu lui as obéi Léo ? Ce jour fatidique, tu t'es accroché avec lui pour une histoire de badge. Tu me suis ? Tu es d'accord avec moi ?

La seconde victime, Mathilde. Elle aussi a voulu contrer ton autorité. Elle t'a d'ailleurs tenu tête un moment. Dans son cas, il s'est agi d'une problématique liée à un sens de stationnement. Risible tu ne trouves pas ?

Et le troisième dossier. Le routier étranger. Les caristes ont témoigné que tu étais dans une colère noire au moment de son départ. Tu as essayé de voler ? Tu ne t'appelles pas Icare, soit dit en passant. Juste un petit clin d'œil à la mythologie grecque.

Tu as explosé suite à un petit geste de son majeur droit. Le pauvre chou. Je croyais que tu devais rester maître de tes humeurs en toute circonstance, pas vrai ? Ah oui, j'oubliais le chien qui a failli te bouffer. Mais bon, le maître est l'unique responsable de cette attitude hein ? Tout vient de l'éducation, comme les gosses ?

Tu ne dis plus rien d'un seul coup. Tu m'inquiètes subitement. Tu veux de l'eau, du café ? Désolé, on n'a pas le droit de servir de l'alcool dans le cadre des gardes à vue.

◆

Léonard

Je manque d'air, je lutte une fois de plus comme un diable contre une force invisible. Je me précipite hors du lit, je somme la voix dans ma tête de me laisser en paix.

Qui es-tu ? Que me veux-tu ? Je cherche mon souffle, je halète de plus en plus. La sueur dégouline le long de mon corps, elle me brûle les yeux. Mon cœur va exploser, bondir de ma poitrine. Et cette voix qui me hante, qui me harcèle.

Je veux la chasser à tout prix. Je percute le mur de la chambre, l'armoire. Je déambule dans le couloir comme un forcené et je me précipite dans la salle de bain pour m'asperger le visage d'eau fraiche que j'espère salutaire. Rien n'y fait.

Pourquoi tu me suis à la trace ? Pourquoi tu me persécutes ? Mais qu'est-ce que tu me veux ? Je gesticule comme un fou pour la chasser, je dévale l'escalier au risque de m'affaler à chaque marche.

La voix me dit que j'ai tué. NON ! Tu te trompes, ce n'est pas moi. J'ai besoin de sortir, de respirer. Il me faut de l'air. J'ouvre la porte-fenêtre du salon et me jette dans l'herbe froide et humide.

Un chien aboie dans le quartier. Même lui m'en veut. Tais-toi la voix, mais tais-toi donc ! Tu me rends dingue ! Je n'en peux plus ! ASSASSIN ! ASSASSIN ! Tu périras dans les flammes de l'enfer !

Je crampone ma tête à deux mains à m'en faire mal et la secoue frénétiquement pour faire cesser cette onde maléfique

dans mon cerveau. Mais elle continue de plus belle. ASSASSIN !
Me martèle encore et encore. Plus fort à chaque pas. ASSASSIN !

Il est impératif que je la fasse taire à tout prix. Dormir.
Je veux dormir. Ne plus l'entendre. Jamais. Je remonte dans
la chambre en butant sur les marches de l'escalier, j'attrape
la boîte de somnifère au vol et j'en sors plusieurs comprimés.
Combien ? Aucune idée. Et puis je m'en moque. Je les gobe à la
volée comme on jongle avec des cacahuètes.

Je me recouche dans l'espoir de ne plus entendre cette
squatteuse cérébrale, mégère intrusive. Mais elle continue. Elle
a gagné, elle a réussi à me mettre dans une colère insensée, une
folie incontrôlable.

Je redescends, animal dément que je suis devenu. Un autre
Moi. Je gronde tel un ours prêt à charger une proie. VA TE
FAIRE FOUTRE !

Dans ma folie destructrice, je tombe soudain dans un épais
brouillard. Je ne sais plus où je suis, je ne vois plus rien. Qui
a éteint la lumière ? Pourquoi suis-je dans la pénombre ? Les
oreilles bourdonnent. Un assourdissement et un trou noir font
place à la voix maléfique. Serais-je devenu subitement aveugle
et sourd ? Je me sens possédé, jusqu'à la moelle.

J'avance à tâtons pour repérer la cloison de la cuisine que je
ne trouve pas. Je m'écroule... Je crois que j'appelle au secours...
Je crois que j'appelle Maria...

◆

Maria

Je suis réveillée en sursaut par un énième cauchemar de Léonard. Une plainte lancinante... Un gémissement terrifiant... Des bruits de choc. Il suffoquait. Je prends conscience que cette vague de panique est plus intense que les précédentes. J'allume ma lampe de chevet, mais il ne réagit pas à la lumière. Je lui demande s'il a besoin de moi. Il ne me répond pas. Je me dis qu'il ne m'entend pas.

Il est debout, prostré. Il rugit et se débat contre des moulins à vent, agitant les bras en tous sens, agrippant sa tête à deux mains. Il parle à un compagnon imaginaire et lui dit de se taire, de partir. Je le sens possédé dans tout son être, tels les hystériques d'un autre siècle que les prêtres exorcistes tourmentaient, jusqu'au destin fatal de l'esprit satanique qui les habitait.

Et moi je suis là, impuissante face à cette hallucination qui le ronge. Il dévale l'étage comme un fou. Je le suis, l'angoisse au ventre. Il ouvre à la hâte la porte-fenêtre du salon les mains tremblantes. Il se jette dans l'herbe du jardin, mouillée et froide. Il pleut doucement cette nuit, mais il ne s'en occupe pas. Dans cet état, le ressent-il?

Il ne se calme pas. J'ai vraiment peur. À ce moment précis, c'est moi qui panique. Il faut que j'appelle les secours. Je ne peux pas le laisser plus longtemps dans cet état de désœuvrement.

Il se relève, revient à l'intérieur tel un automate et me bouscule sans s'en rendre compte, remonte dans la chambre. Je me retrouve déséquilibrée, je tombe à la renverse sur l'accoudoir d'un fauteuil à proximité. Je me redresse péniblement et je le rejoins. Je le vois engloutir plusieurs comprimés de somnifère en une seule prise. Combien? Je suis incapable de m'en rendre compte. Beaucoup trop sans doute. Il en avait déjà avalé deux quelques heures auparavant.

Il se recouche, quelques courtes minutes. J'entends sa respiration forte, rapide et saccadée. Il se relève brusquement et repart en grondant au rez-de-chaussée.

Oh mon Dieu ! Léonard s'écroule. Je le retrouve en position fœtale, gémissant, pleurant, déboussolé, plaintif. Je l'entends appeler à l'aide. Je l'entends m'appeler faiblement à son secours.

C'est décidé, j'appelle les urgences. Je fais passer son geste pour une tentative de suicide avec crise de démence. J'espère qu'ils arriveront à temps avant que…

À l'arrivée des pompiers, il est inconscient. Ils l'évacuent au centre hospitalier le plus proche, sous oxygène.

J'appelle Claude. Quelle heure est-il ? Trois heures du matin. Elle me remercie de l'avoir informée et passera plus tard. Elle me dit d'aller me reposer. Oui, peut-être… Toujours le mot pour rire.

Je vais m'asseoir sur le canapé et je me cale contre le dossier. Les larmes montent, lentement d'abord, puis explosent en torrent, convulsivement. Depuis combien de temps m'efforçai-je de les retenir, de faire illusion pour deux ?

Je ne sais plus. Et peu importe. Je pleure, encore et encore, et je finis par m'endormir.

◆

Huit heures. La sonnerie de la porte d'entrée retentit. Claude est sur le perron, un paquet de viennoiseries à la main.

— Salut Maria. Je peux entrer ? Tu m'offres le café ?

— Bonjour, bien sûr, entre.

— Tu as pu dormir un peu ?

— Bof, si on veut. Installe-toi, prends une chaise. Désolée pour le désordre.

— Il a pété les plombs pour de bon c'est ça ?

— Ouais. Si tu l'avais vu, il est devenu une vraie bête traquée. Il semblait entendre une voix, ou voir un personnage imaginaire auquel il parlait... Enfin... Si on peut dire parler. Il était hors de lui, un peu comme s'il était sous contrôle d'une force invisible. Comme s'il était sous emprise d'une force démoniaque. Envoûté, qu'il était.

— Hum... À force de tirer sur la corde, fallait que ça arrive. Dans le fond, heureusement que tu étais vers lui...

— J'ai eu vraiment peur Claude.

— Merci pour tout ce que tu as fait. En fait, je ne te l'ai jamais dit, mais j'étais jalouse de toi pour le courage que je n'ai jamais eu. Parce que moi, je n'étais devenue qu'une « bonne amie ». C'est toi qui mérites d'être avec lui. Pas moi. Moi, je n'aurais jamais eu toute cette patience. Non, en fait, c'est pire que ça quand j'y pense. Il était le miroir de mes propres douleurs.

— Merci... Sympa de l'admettre. Tu sais que tu étais bien plus que cela. Vous avez travaillé ensemble. Vous êtes flics tous les deux, même s'il a démissionné. Cette complicité sera toujours là entre vous. Tu es devenue sa confidente, plus que moi. Mais pour l'instant...

— Il voulait te protéger, il s'y est mal pris. C'est toi qu'il aime. Tu as des nouvelles ?

— Il est toujours inconscient, en soins intensifs.

— Merde... Qu'est-ce qu'il a pris ?

— Son cocktail habituel, whisky et somnifères. Sauf que là, il a forcé les doses.

— Wahou... Il a morflé...

— Ouais... Sucré le café ?

— Non, merci.

— Du lait ?

— Non plus. Je n'ai trouvé que des croissants ordinaires. Ils n'en avaient plus au beurre.

— Ça fera l'affaire, t'inquiète pas. Dis-moi, je sais que tu n'as pas le droit de parler des affaires en cours, mais Léo ? Il a commis des choses graves ces dernières semaines ?

— Hein ? De quoi tu parles ?

— Je ne sais pas trop, il était persuadé d'avoir tué à trois reprises ces derniers mois, et l'instant d'après, il ne savait plus. Tout comme il ne savait pas si j'étais réellement là ou s'il rêvait ma présence. Dis-moi franchement, dans tes affaires en cours, tu as des soupçons sur son intégrité ou pas ? J'ai sincèrement besoin de savoir.

— Mais enfin vous disjonctez tous dans cette baraque ! C'est quoi cette plaisanterie ?

— Rien, laisse tomber. Ton café va refroidir.

— J'avais l'intention d'aller à l'hosto dans l'après-midi, je t'emmène ?

— Si tu veux.

— Bien... Repose-toi avant. Tu m'inquiètes sérieusement là. Léo, un assassin, j'aurai tout entendu ! Il a un caractère de merde je te l'accorde, et c'est un vicelard de première, il a été à bonne école. Son père n'était pas le dernier non plus. Mais ça ne va quand même pas jusque-là, même s'il a le coup de poing et la colère faciles. J'ai des affaires délicates à gérer ces derniers temps, des choses sordides. Léo n'est pas un assassin. Je te rassure, je ne le soupçonne absolument de rien. Mais malgré tout, je pense que d'avoir restitué son arme a été la décision la plus douloureuse et également la plus judicieuse qu'il n'ait jamais prise. Quand on voit ce qui se passe aujourd'hui. Sinon, il aurait été capable de se cramer la matière grise qui lui restait. Alors oublie ça. Je passe te prendre vers quinze heures.

— Je serai prête. Tu vois, des fois le destin fait mouche. Il prévoyait des vacances dans peu de temps. Il va l'avoir, en fin de compte, le temps...

— Salut Maria... À plus...

Claude est partie et je me retrouve face à ma solitude, face au silence, dans cette maison si vide et à la fois emplie de lui, comblée par l'ombre de celui qu'il est devenu. Je mets un peu d'ordre et je pars au refuge en prenant soin de tout fermer, portes, fenêtres et volets. On ne sait jamais...

Je ne reviendrai pas tout de suite. Le refuge m'attend. Après tout, Claude ne viendra pas non plus. La marche est salutaire et me fera le plus grand bien. Je l'appellerai plus tard. J'appellerai le patron de Léo aussi. En route. On a besoin de moi ailleurs.

CHAPITRE XX

Résilience[24]

— Bon tu vas avouer oui ? Toutes les preuves sont contre toi !

— Sérieusement Léo, tu te fous de nous ! L'innocent aux mains pleines, ça a ses limites.

— Secoue-toi ! On te lâchera pas crois-moi. Des malades comme toi, on en connaît !

— Secoue-toi Léo, réveille-toi, réveille-toi…

— Oui ! Je connais ces personnes et oui, je les reconnais sur les clichés ! Vous avez raison, j'avoue tout ce que vous voudrez, mais je n'ai rien fait, je n'ai tué personne ! P.E.R.S.O.N.N.E. Comment il faut vous le dire ? Lâchez-moi ! Je ne supporte pas qu'on me manque de respect. Ils l'ont tous fait ! Ils m'ont tous pris pour une burne ! Ils m'ont tous traité comme un pion qu'on déplace à sa guise sur un échiquier. Sauf que c'est moi qui ai écrasé tout ce monde de tordus.

Qu'est-ce que vous voulez que je vous dise ? Que j'ai eu des envies de meurtres ? Eh bien oui ! J'ai voulu les tuer, les massacrer. Ouais ! Tous autant qu'ils sont. Les faire souffrir, leur faire payer la monnaie de leur pièce, au même titre qu'ils m'ont humilié et traîné dans la boue, traité comme un larbin, un moins que rien. Et j'en aurais été fier. Je n'aurais pas manqué de le revendiquer.

J'ai réfléchi à toutes sortes de scénarii pour les faire crever comme des chiens galeux, plus macabres les uns que les autres. Et je me suis régalé. Je voulais leur régler leur compte, à tous ces m'as-tu-vu prétentieux voulant me bâillonner sans vergogne. Je n'ai fait que défendre mon intégrité.

La sauvagerie dont j'ai rêvé est à la hauteur de l'humiliation que j'ai subie. Oui, j'ai voulu leur mort dans mes pires cauchemars. Je veux du respect moi, vous entendez ? DU RESPECT ! Et de la reconnaissance...

Le son de ma voix s'estompe petit à petit. Mon image s'éloigne, s'amenuise comme sous l'effet d'une caméra qui recule, zoom à l'envers. Je me sens bercé, puis chaviré. Je suis dans le brouillard, une sorte de barbe à papa mouvante, à la fois angoissante et rassurante. Je suis sur un tapis volant qui flotte en apesanteur dans ces nuages délicieux.

L'embarcation tangue de plus en plus fort. J'entends des voix, d'abord lointaines, puis un écho. J'entrouvre les yeux. La lumière m'éblouit, je les referme aussitôt. Ma tête explose. Eh ! Ne criez pas si fort ! Qu'est-ce qui se passe ? Où suis-je ?

— Ah enfin il se réveille ! Vous m'entendez Monsieur ? Si vous m'entendez, serrez-moi la main, clignez des yeux. OK, il réagit ! On peut dire que vous nous avez fait une belle peur !

Je grogne, enfin il me semble, je veux qu'on me foute la paix, envie de dormir, les murs tanguent, j'ai mal à la tête. J'ai l'estomac en vrac, la bouche sèche, pâteuse. Dites donc j'ai pris une cuite ?

— Vous lui faites tous les contrôles habituels, vérifiez les constantes toutes les quinze minutes, et remettez-lui ses perfs, c'est vide là-haut.

— Je le fais tout de suite. Autre chose docteur ?

Docteur ?! Oh! C'est quoi le délire ? Je suis à l'hosto ? Au secours! Répondez-moi! Et si c'est le cas, j'imagine que, cette fois, je n'ai pas d'autre choix que d'y rester.

— Il s'énerve, attention, faut le sédater un peu le temps qu'il retrouve ses esprits. Vous êtes à l'hôpital Monsieur, vous avez eu un souci, on s'occupe de vous. Il faut vous calmer et nous laisser faire. Tout ira bien.

Si tu le dis, parle pour toi. Je suis largué, j'ai soif, c'est moi déraille où il fait chaud ? Aïe! Une aiguille plantée dans le bras… Je bouillonne. La vache, c'est rapide ce truc-là. Je crois que je plane. On me redresse, on retape l'oreiller. On me demande si tout va bien, si j'ai besoin de quelque chose, ils ont le sens de l'humour. Un whisky japonais, c'est possible ? Ma question les fait rire, c'est bon signe qu'ils disent! Oui, enfin, dans une certaine mesure… C'est déjà bien. Mais dans l'état actuel des choses, l'alcool est à éviter. Bon, je n'ai droit qu'à un verre d'eau. Je trempe les lèvres, elle pue le chlore cette flotte, je m'en contenterai, pas le choix, toute façon, j'ai trop soif. T'inquiète, je vais me rattraper chez moi.

Au fait, je suis là depuis combien de temps ? Comment je suis arrivé là ? Je ne comprends vraiment plus rien, le dernier souvenir qui me revient, ce sont les cachetons sur la table de chevet, il fallait que je dorme, que je dorme, encore et encore. Il est où le toubib ? J'ai beau être dans le coltard, mais je trouve le moyen d'écarquiller les yeux quand il m'annonce que les pompiers m'ont amené il y a 48 heures. Waouh ! À ce qu'il me dit, j'aurais dormi tout ce temps. Pour le coup, j'ai réussi ! J'étais dans une sorte de léthargie comateuse. Ils m'ont fait des examens, je suis devenu leur jeu de fléchettes préféré. Il faut qu'il me parle des résultats, demain, quand j'aurai atterri.

Dommage, c'était beau là-haut. Merde ! Qu'est-ce que j'ai fait comme connerie ? Et re-merde, pour mon boulot, il se passe quoi ? Ils ont appelé, ah bon ? Ils ont su comment ? Super doc ! Je n'ai plus qu'à dormir alors, ça me va. Je replonge, après tout, je n'ai plus rien d'autre à faire.

Le lendemain matin, j'ai droit à la visite de la super équipe en blouse blanche. Tension, température, contrôle du rythme cardiaque et du taux de saturation en oxygène[25]. Tout ce petit monde discute sans se soucier de savoir si je suis là. Hé ! Je suis invisible ou quoi ! Ils me soulent déjà, sérieux je n'ai encore rien picolé.

Si j'ai bien dormi ? Comment ils veulent que je dorme avec tout ce bazar qui sonne toutes les dix secondes et ces aiguilles dans le bras, je ne peux même pas bouger, il a les résultats, super. Je dois refaire une prise de sang, et rebelote. L'infirmière me place un garrot au bras droit, me pique, elle me ponctionne au moins trois litres de sang, puis termine en me scotchant un sparadrap sur un bout de coton à l'endroit de la piqûre.

L'analyse à mon arrivée n'est pas encourageante. Ah ouais ? Trop d'alcool, trop de barbituriques, trop de... Ah ! C'est pour cette raison que je me suis écroulé ? À cause d'une sorte de petite overdose sympa... Et apparemment, j'étais en pleine démence avant. J'ai un grand vide dans ma mémoire. Il s'est demandé un quart d'un dixième de seconde pourquoi j'avais cette mayonnaise dans le sang ? Non, on me tire dessus à boulets rouges, on me stigmatise, on me juge, et basta. Allez vas-y, joue ton Caliméro mon gars, tu finiras par obtenir l'Oscar du meilleur premier rôle masculin un de ces quatre ! Tiens, je croirais entendre Maria.

Maria, justement, il semblerait qu'elle m'ait sauvé la vie. Pourquoi elle a fait cela ? Ne pouvait-elle pas me laisser sur le carreau ? Au moins, elle serait débarrassée du boulet que je suis. Moi j'en crèverais de la perdre. Je sais plus où j'en suis. Merci Doc, oui je vais penser à elle, oui je vais penser à moi, oui, je vais suivre vos conseils. J'ai quand même envie de vivre encore un peu...

◆

Ce métier, c'était ma vie, mon rêve. Je ne vivais que pour lui. J'étais convaincu qu'en quittant la grande Maison, j'aurais enfin une vie plus sereine, plus tranquille.

Mais les automatismes ne m'ont pas quitté. J'avais le virus dans le sang. Mon métier était à nouveau plus important que tout, plus important que Maria. Le rêve de ma vie devenu un cauchemar, devenu une grande désillusion.

La sentence est tombée, glaciale, brutale. Burn-out, dépression profonde... Bouffées délirantes... Arrêt et soins longue durée fortement conseillés... Sans compter les addictions que je dois éradiquer. Je prends conscience aujourd'hui que je paye le prix fort de mes excès.

Léonard le Conquérant n'est plus que le fantôme de lui-même. Je ne sais plus marcher, mes paroles sont incohérentes. Ma mémoire me lâche.

Aujourd'hui, je sais que tout cela n'était que poudre aux yeux, un prétexte pour ne pas voir ce qui m'animait réellement.

J'ai atteint le seuil de saturation. J'ai atteint le point de non-retour, le point de rupture.

J'ai pété les plombs à force de vouloir trop m'investir, trop bien faire, encore et bien plus. L'amour du travail bien fait à la limite de la maniaquerie. Aller au point culminant de la perfection. Ne jamais s'autoriser l'erreur. Des erreurs, j'en avais beaucoup trop commis par négligence, par peur d'affronter la réalité. Ne plus jamais perdre. Rigueur, conscience professionnelle, discipline. Respect des consignes, respect des procédures, respect de tout… Sauf de moi…

Les heures s'enchaînaient, trop nombreuses… Trop rapprochées… Douze, vingt-quatre, trente-six, quarante-huit heures… Par vague de douze… Et trois heures de sommeil entre chaque, quatre dans le meilleur des cas… Avec l'impression de n'être qu'un pantin, qu'un pion qu'on balade à l'envi. Signaler que cela ne convient pas pendant des années, et l'impression de pisser dans un violon. Comme dans un mauvais rêve, on veut hurler mais aucun son ne sort de votre bouche. « La législation nous autorise Monsieur… Oui, mais ce qui est humainement gérable, vous y pensez ? Rien à voir avec la législation hein ? » Le combat avec la hiérarchie est rude parce que votre logique n'est pas forcément la leur, car vous, vous êtes sur le terrain, les pieds dans la mouise chaque jour qui passe.

Petit à petit, insidieusement, l'insomnie s'incruste, on tient par un fil auquel est suspendue l'épée de Damoclès. Il ne faut pas que ce fil casse.

Mais tout cela n'a-t-il été que la conséquence du travail ? Peut-être… Durant tout ce temps j'ai cherché à me convaincre que l'importance était là, que j'aimais passionnément ce métier. Mais n'était-ce pas simplement le déni de la réalité ? La fuite face aux fantômes qui m'habitaient, prétexte absolument irrévocable pour qui ne veut rien voir.

Bien sûr, il y a les signes que l'on n'écoute pas, les insomnies, les migraines de plus en plus fortes, jusqu'à devenir invalidantes. Mais il y a les antalgiques pour calmer ces maux, que l'on obtient avec la bénédiction du spécialiste, qui, malgré tout, vous baratine à chaque consultation qu'il faut arrêter cette vie de dingue.

Les petites douleurs dans la poitrine vous empêchent de respirer, elles passent, de toute façon, vous n'avez pas le choix, il faut continuer. Avec les Beta bloquants... Ce n'est rien, juste le stress, la fatigue, ça ira mieux après avoir dormi un peu... Avec les cachetons... Ces somnifères miracles qui finissent par ne plus être efficaces à dose normale. Eux aussi délivrés par un toubib qui vous serine la même litanie... « Il faut repenser votre vie » Et que l'on n'écoute pas davantage. « C'est pas moi qui décide Doc, c'est mon patron ! Vous savez bien que je n'ai pas le choix »

Arrive ce moment où tout bascule, où le cerveau ne veut plus que la machine avance. Trop content de pouvoir enfin vous dicter sa loi, à force ne pas avoir voulu l'écouter, à force de persévérance inutile poussée à son paroxysme. Trop content de faire éclater sa joie en déclenchant un gigantesque feu d'artifice au beau milieu de vos neurones qui explosent. Le corps lâche, tout s'écroule. Le cerveau a décidé de tout bloquer.

On se lève avec les jambes qui flageolent, des tremblements. On avance avec grand peine. Puis on se retrouve au sol, à hurler et à gémir comme un animal fou. Les mots ne sortent plus, les larmes inondent votre visage, vous ne savez plus qui vous êtes, où vous êtes.

Et puis le trou noir, le vide, l'absence. Jusqu'au moment où vous vous réveillez dans une chambre d'hôpital. Et là, vous commencez à rassembler le puzzle de votre vie, parce que les dernières heures sont encore troubles. Qu'ai-je fait pour en arriver là ?

Vous vous faites la promesse solennelle que plus jamais vous ne revivrez ces épreuves.

Cependant, il restera toujours des zones d'ombres que vous ne vous expliquerez jamais, car tout est dans la subtilité des mots et des textes, cachés en messages subliminaux, ce qui vous arrive dans de telles circonstances n'est de la responsabilité de personne si ce n'est de vous-même, parce que vous êtes fragile... Admettons... Admirable et divine politique de l'autruche de la part des instances compétentes qui ne reconnaissent pas ce mal-être et ce malaise comme une suite logique de la pression professionnelle.

Ce qu'il y a de certain, après trois thérapies totalement différentes mais absolument complémentaires et vitales, (oui, parce que dans votre parcours de survie, vous avez tout de même consulté une kinésiologue[26], un psychiatre et une sophrologue, rien que ça !) c'est la prise de conscience que ce qu'il y a de plus important entre le travail à outrance totalement inutile et vous, eh bien c'est vous, et rien que vous (Sans blague il était temps !). Tout ce petit monde doit se côtoyer sans se broyer, tout cela doit s'équilibrer.

Prendre soin de soi pour ne plus jamais revivre cet enfer. Plus jamais ça... JAMAIS ! J'ai retrouvé l'énergie positive, et pris enfin conscience, là aussi, qu'une femme était présente à mes côtés depuis bien longtemps, que le bonheur était là, près de moi, sans que je le voie. Je ne veux plus risquer de le laisser s'envoler. Elle m'a sauvé la vie, de diverses façons.

Léonard le Conquérant renaît de ses cendres, tel le Phénix, plus fort, plus serein, l'esprit libre, plus déterminé que jamais à vivre. Maria, me pardonneras-tu un jour tout le mal que je t'ai fait ? Comment as-tu réussi à m'aimer ? Comment as-tu compris ce qui me tourmentait ? Tu es une femme exceptionnelle, je ne te l'ai jamais assez dit, tu es indispensable à mon équilibre. Je t'aime...

À toi, mon père, je te pardonne mais je n'oublie pas. Ma colère n'est plus. Elle a laissé la place à la résilience. Mes pensées insanes sont envolées, évaporées. J'ai coupé les liens toxiques avec toi. Je me suis même débarrassé de mon arme, moi qui ne savais pas vivre sans elle.

Nous devrons nous parler, entre hommes, tu devras m'expliquer. Peut-être as-tu, toi aussi, des démons à surmonter et à chasser. Je pardonne aussi tes absences, tes moments de doute, pour les avoir moi-même vécus. Je sais aujourd'hui que tu ne pouvais pas faire autrement ni mieux.

Je repense aussi à toi, mon pote le rasta. Je me dis que tu as raison de profiter de la vie comme tu l'entends. Tu m'étais insupportable, ton mode de vie était et est toujours totalement à l'encontre de mes principes. Et pourtant, aujourd'hui, tu sembles être le plus heureux de nous deux. *Carpe diem*[27]...

Y.O.L.O. *You Only Live Once*. Oui, nous ne vivons qu'une fois, alors vivons, tout simplement, avec ce qui nous épanouit le plus, dans la sérénité et, surtout, faisons en sorte de profiter au maximum de tous les moments de bonheur qui s'offrent à nous.

Une prise de conscience s'est opérée en moi durant cette période de doutes et de remise en question. Le système est-il fait pour moi, suis-je adapté au rythme sociétal tel que tout un chacun le conçoit ? Ne me suis-je pas simplement fondu dans la masse, pour un peu plus passer inaperçu, faire ce que tout le monde attendait de moi ?

N'ai-je pas suivi le chemin tout tracé par une éducation aux valeurs ancestrales, glorifiant la sécurité d'une vie de labeur, au profit d'une hiérarchie toute puissante, intégrée par une minorité à laquelle je n'appartiens pas ? Je ne suis pas né dans le monde des leaders, mais mon esprit n'en fait-il pas partie malgré moi ? D'aussi loin que je me souvienne, l'approche du travail ne m'a jamais apporté de satisfaction. Quelle est ma place dans ce monde ?

Je crois que, dans un premier temps, j'ai besoin de calme, en toute simplicité. Me recentrer sur moi, reprendre possession de ma liberté d'action et de réflexion.

Je sais où est mon bonheur aujourd'hui, lorsque je regarde cette belle femme à mes côtés. La plus belle rose de mon jardin secret.

Viens Maria, il est temps de penser à nous, si tu m'acceptes encore dans ta vie.

Prends ma main, je te le demande à genoux, comme tu m'as tant de fois offert la tienne, que j'ai refusée, par lâcheté, par déni, par orgueil. Fuyons ensemble, loin de cette agitation qui nous brûle, loin de ce stress qui nous consume.

Juste toi, moi, et notre amour.

POSTFACE

Je pose le point final de ce roman le 16 février 2021.

Le monde subit depuis un peu plus d'un an l'attaque d'un ennemi invisible, mais ô combien virulent, un coronavirus provoquant la maladie COVID 19. Le site COVID-19 : chiffres clés et évolution – Santé publique France (santepubliquefrance.fr) annonce quatre-vingt-deux mille deux cent vingt-six (82 226) décès en France depuis le début de la pandémie à ce jour, 1 940 529 décès depuis le 31/12/2019 dans le monde, dont 401 535 pour les pays de l'Union européenne au dix-neuf janvier de cette même année.

Afin de lutter contre cet intrus malveillant, contre ce satyre imprévisible, notre pays a vécu plusieurs phases de confinement et de couvre-feu. Actuellement, nous devons respecter une nouvelle restriction, ne pouvant pas sortir librement de dix-huit à six heures. Ces tentatives ont pour but de limiter la propagation du virus en évitant les rencontres, et, ainsi, protéger les plus faibles.

Depuis quelques semaines maintenant, certaines variantes de ce virus circulent, provenant d'Afrique du Sud et du Royaume-Uni, du Brésil. Le monde s'affole, cherche encore et encore des solutions efficaces pour contrer ce danger. Un espoir apparaît sous la forme de vaccins de différentes natures, mis au point en quelques mois seulement. Il semble urgent, selon les autorités, d'en faire bénéficier, dans un premier temps, les personnels soignants et les personnes les plus fragiles.

Il est impératif également de faire en sorte que les hôpitaux ne se retrouvent pas saturés par les malades plus fortement touchés, nécessitant des soins extrêmes en réanimation. Dans cette même logique, des transferts ont été effectués entre les régions afin de soulager les établissements trop sollicités, par Trains à grande vitesse, ou par avions médicalisés. L'armée a été mobilisée pour l'installation d'un hôpital de campagne dans le Grand Est au printemps 2020.

Le personnel soignant paye lui aussi le prix fort par la disparition d'infirmières et de médecins. Les masques, gants, blouses de protections ne sont pas fournis en quantité suffisante dès l'explosion de l'épidémie. Le corps médical s'investit au maximum de ses capacités pour assurer notre survie face à ce satyre destructeur et imprévisible. La seule manière d'éviter sa propagation semble être le confinement, en tout état de cause, limiter au maximum les interactions sociales et familiales.

Donc, voici ce qu'il fallait démontrer. Tout le monde doit rester à l'abri. Tout le monde ? Non. Les forces de l'ordre en toute logique sont là pour nous rappeler les règles... Et les agents de sécurité, entre autres...

Les premiers au front avec les soignants, sans masque ni gant pour la plupart d'entre eux, au contact potentiel de cet ennemi invisible qui rôde à tous les coins de rue, à chaque coin de porte.

Des professions telles que personnel d'entretien, livreurs, et bien d'autres constamment au contact du public, nécessaires à notre confort quotidien, dont nous ne saurions nous passer, ne sont pas toujours protégées par manque de moyens. Fort heureusement, la situation a positivement évolué à ce niveau au cours des mois qui ont suivi.

Force est de constater que, face à cette maladie inédite, les autorités, avec le soutien des scientifiques, ont réussi, tant bien que mal, à débloquer cette situation au fil des semaines, au grand dam cependant, de bon nombre de secteurs en souffrance dans cette folie douce.

Merci à tous d'avoir été présents pour nous malgré ce contexte difficile. Le meilleur hommage ne serait-il pas que, nous aussi, à notre niveau, nous prenions soin de vous en ayant une attitude responsable de prise en compte de la prévention ?

Nous n'avons qu'une vie, mais faut-il malheureusement en arriver là pour prendre conscience de son importance ?

◆

Les agents de sécurité accumulent jour après jour, outre le manque de considération et de reconnaissance, les heures de travail en quantité beaucoup trop importante, ne respectant pas toujours pour certains, malgré eux évidemment devant suivre le rythme planifié de leurs interventions, la loi en vigueur, nombre de jours de récupération insuffisant, incivilité du public côtoyé, insultes, menaces, tentatives d'intimidation. Bien sûr, ce n'est pas la majorité des cas, mais cela se produit suffisamment pour déclencher aujourd'hui un sentiment d'épuisement.

La gestion au quotidien de la crise sanitaire ne fait qu'ajouter un stress inutile à ce contexte parfois bien négatif et difficilement négociable.

Cependant, ils restent disponibles aux appels d'urgence, autant que faire se peut, fidèles au poste, percevant, en règle générale, un salaire de base peu gratifiant en comparaison des efforts fournis et des compétences exigées. Et tout ceci au détriment de leur santé et de leur vie de famille. On ne parle pas assez des cas de dépression ou d'accident de la route provoqués par un manque de sommeil flagrant.

J'ai également une pensée pour les agents cynophiles qui ne peuvent pas, pour certains, se protéger des intempéries, œuvrant parfois à découvert toute une nuit. Les interventions sur des chantiers ne donnent pas toujours accès au confort, ni à un local chauffé ou à un bloc sanitaire.

Peut-être désormais, regarderez-vous ces «vigiles» différemment à l'entrée de votre supermarché ou de tout autre lieu. Sachez qu'ils sont là pour vous, pour votre sécurité.

Merci pour eux.

INDEX

VIGILE OU AGENT DE SÉCURITÉ

Source https ://surete.securitas.fr

La notion de « vigile » apparaît sous la Rome antique, lorsque l'empereur Auguste crée un corps spécialisé chargé d'une mission de police nocturne et de lutte contre les incendies : le corps des vigiles urbains. Le terme vigile est donc entré très tôt dans le langage commun, et l'on constate qu'il est encore fréquemment utilisé de nos jours, notamment par les médias.

Communément associé à une image plutôt négative, issue d'une époque où tout un chacun pouvait prétendre rejoindre les rangs de la profession, le « vigile » a progressivement évolué vers l'agent de sécurité sous l'influence notable des acteurs de la profession (entreprises de sécurité privée, syndicats) et de l'État français qui a mis en place des évolutions légales et réglementaires, et créé le Conseil National des Activités Privées de Sécurité (Cnaps).

Désormais largement professionnalisés et régulièrement contrôlés, les métiers de sécurité sont aujourd'hui reconnus pour leur utilité, ainsi que pour la compétence et l'efficacité de leurs personnels.

Au-delà de la formation initiale obligatoire, les agents de sécurité sont aussi formés aux spécificités des sites sur lesquels ils exercent. On les rencontre aujourd'hui dans tous les secteurs d'activité ; au sein des aéroports, dans le secteur tertiaire (immeubles de grande hauteur, parcs d'attractions, banques, théâtres, magasins, etc.), ou encore lors d'événements culturels ou sportifs.

LE GROUPEMENT DES ENTREPRISES DE SÉCURITÉ

Source :

https://ges-securite-privee.org/le-secteur/
les-metiers-de-la-securite-privee

Le Groupement des Entreprises de Sécurité (GES) est le syndicat professionnel français des entreprises de prévention et de sécurité.

Il a été créé le 5 juin 2019, par le rapprochement du Syndicat national des entreprises de sécurité (SNES) et de l'Union des entreprises de sécurité (USP). Ces deux dernières organisations ont été dissoutes fin juin 2019. Le GES réunit des TPE, PME et grandes entreprises de sécurité privée, qui réalisent un chiffre d'affaires cumulé de plus de 2,7 milliards d'euros.

Les métiers de la sécurité privée sont divers et répondent à plusieurs cadres juridiques qui ne se recouvrent pas nécessairement :

- Le Livre VI du Code de la sécurité intérieure.

- La convention collective nationale des entreprises de prévention et de sécurité.

- Les métiers proches de la sécurité privée, mais qui ne relèvent pas du Livre VI ni de la convention collective.

Réglementées par le Livre VI du Code de la sécurité intérieure (article L 611-11 et article L 621-1), les activités de sécurité privée comportent donc les domaines suivants :

- Assurer la surveillance humaine ou la surveillance par des systèmes électroniques de sécurité ou le gardiennage de biens meubles ou immeubles, ainsi que la sécurité des personnes se trouvant dans ces immeubles ou dans les véhicules de transport public de personnes.

    Ces activités incluent, plus précisément, les agents de prévention et sécurité, les agents de surveillance cynophile, la sûreté aéroportuaire et portuaire, la surveillance mobile, la télésurveillance et la vidéoprotection, aussi bien dans des bureaux, sites industriels, le commerce et la grande distribution, les sites événementiels et culturels, etc.

    Ces activités réunissent la plus grande proportion d'agents, environ cent cinquante mille (150 000), dont quatorze mille (14 000) agents de prévention dans le commerce et la grande distribution, douze mille (12 000) en télésurveillance et vidéoprotection, neuf mille (9 000) agents de sûreté aéroportuaire, mille (1 000) agents cynophiles, etc.

- Assurer par des agents armés, les activités précédentes, lorsque les circonstances exposent ces agents ou les personnes se trouvant dans les lieux surveillés, à un risque exceptionnel d'atteinte à la vie. Il s'agit là d'agents armés avec des armes de catégorie B28 et exerçant une partie des missions de la partie précédente sous conditions spécifiques d'autorisation.

- Transporter et surveiller des bijoux, des métaux précieux ou fonds, et assurer le traitement des fonds transportés. Il s'agit des transporteurs et convoyeurs de fonds, soit environ dix mille (10 000) agents.

- Protéger l'intégrité physique des personnes. On parle ici des gardes du corps, soit environ mille (1 000) agents.

- Protéger des navires battant pavillon français, contre des menaces terroristes ou de piraterie maritime. Activités spécifiques, elles correspondent à la protection armée des navires dans les zones particulièrement sensibles, soit environ trois cents (300) agents.

- Recueillir des informations ou renseignements destinés à des tiers, même sans faire état de sa qualité ni révéler l'objet de sa mission, en vue de la défense de leurs intérêts.

- Il s'agit là des enquêteurs civils privés, des agents de lutte contre la fraude à l'assurance, des détectives privés, soit environ huit cents (800) agents.

- Ces activités peuvent inclure la palpation et la surveillance visuelle des sacs et bagages, dans des conditions définies par le Livre VI du code de la sécurité intérieure.

- Cela est particulièrement le cas pour la sécurisation des événements sportifs, culturels et récréatifs.

TÉMOIGNAGES

ÊTRE UNE FEMME ET AGENT DE SÉCURITÉ

J'ai intégré la sécurité en 2012. J'ai rapidement constaté que, dans ce milieu, il faut garder ses objectifs dans le but de ne surtout pas perdre pied.

Ce monde, majoritairement masculin, oblige le peu de femmes s'intéressant à ce métier à se confronter au préjugé numéro un : l'homme serait supérieur à l'espèce féminine.

Ce qui est faux. Lorsque la femme s'accroche et prouve à tout le monde qu'elle peut faire aussi bien, voire mieux que la gent masculine, alors, travailler dans la sécurité devient très enrichissant.

C'est ce que j'ai fait durant des années. J'ai intégré une équipe dans laquelle j'étais la seule femme, et la plus jeune. J'ai su m'accrocher et prouver que j'étais capable, aussi bien que mes collègues, d'effectuer les mêmes tâches qu'eux.

Ce n'est pas facile tous les jours. J'ai songé à abandonner de nombreuses fois. Abandonner et leur donner raison ? Jamais !

En l'espace de quatre années, j'ai rempli mon bagage professionnel de diverses expériences, les plus intéressantes et enrichissantes qu'il soit. J'ai commencé à évoluer : de simple agent de sécurité, je suis devenue chef de poste. Malgré la jalousie et la méchanceté qui sont parfois présentes dans ce milieu, je n'ai rien lâché.

Pour poursuivre ma carrière, j'ai passé des diplômes pour devenir formatrice. Petit à petit, je m'aperçois que ma crédibilité évolue aux yeux des autres. Les clients, qui me dénigraient à mes débuts, sont désormais face à une personne passionnée par son travail et qui sait être professionnelle. Leur point de vue à mon sujet et mon sérieux dans l'exercice de mes fonctions ne sont pas remis en question. Cette reconnaissance s'est installée au fur et à mesure des années, car j'ai su leur prouver mon professionnalisme.

J'ai fait mes preuves ! Mon employeur est conscient du travail que je fournis au sein de son entreprise. Je tiens à préciser qu'il est un des rares dirigeants à montrer sa reconnaissance à tout son personnel. Il m'a donné une place, une chance, et, heureusement, tout le monde est logé à la même enseigne à ses yeux. Homme ou femme, peu importe, aucune différence pour lui. Il n'y a que de bons ou mauvais travailleurs.

Il est important pour moi de contribuer à casser ce préjugé d'inégalité entre les sexes, mais aussi celui qui nous qualifie de musclé ou sans cervelle.

L'image de l'agent de sécurité est souvent moqueuse, pour ne pas dire péjorative. Alors, le fait d'être impliquée dans mon travail et de faire preuve de conscience professionnelle accrue, prouve que tout ceci est erroné.

Je suis particulièrement fière d'aider les futurs agents à se détacher de ces idées reçues.

Transmettre mon savoir est très gratifiant pour moi, comme pour eux. Apprendre aux autres est plaisant, car ce genre d'intervention encadrée permet de former des agents de plus en plus professionnels.

Peut-être même qu'un jour, l'agent de sécurité sera comparé à un intellectuel plutôt qu'à un flemmard ignare ! Effectivement, nous savons faire tellement plus que rester les bras croisés à observer une foule déambuler sous notre regard sérieux !

Vanessa

ET EN SUISSE ?

J'ai été agent de sécurité frontalier pendant dix ans à Genève. J'aimerais partager mon ressenti sur cette profession.

J'ai travaillé pour plusieurs compagnies de tailles différentes, petits ou grands groupes. Ce métier a du bon ainsi que des situations délicates. Pour ma part, j'ai eu la chance de pouvoir exercer dans la quasi-totalité des secteurs de cette profession, et il y en a beaucoup.

Voici quelques exemples :

Les patrouilles en véhicule de société

Les rondes de chantiers ou de bâtiments

La surveillance de boutiques via caméra

Contrôle de véhicules diplomatiques pour détection d'explosifs et contrôle d'objets à l'aide de dispositif à rayon X

Contrôle d'identité lors d'événements (matchs de football ou manifestations)

Service d'accueil avec gestion administrative et création de badges visiteurs

Service d'intervention en binôme et aide aux services d'ordre

Sécurité de la circulation lors de transferts de fonds ou de déplacement de personne importante

Comme on peut le constater, la sécurité est un vaste domaine fondé sur une multitude de services. Il n'est pas forcément nécessaire d'avoir des diplômes pour exercer ce métier, mais il est tout à fait possible d'évoluer grâce aux formations internes proposées par les entreprises.

Après quelques années d'expérience, il est possible de passer un examen comme je l'ai fait : le brevet fédéral d'agent de sécurité, diplôme reconnu au niveau international pour devenir spécialiste et pouvoir intervenir sur des postes plus intéressants. Cette qualification est de plus en plus demandée par les clients en gage de qualité de service. L'agent qui en bénéficie est mieux rémunéré.

Ce que j'ai pu remarquer au cours de mes dix années d'expérience et qui a vraiment été appréciable, c'est d'avoir eu la chance de travailler en compagnie d'hommes et de femmes d'âges différents qui m'ont permis d'améliorer mes compétences.

J'ai constaté que la génération d'aujourd'hui est moins investie que ne l'étaient les anciens.

Si un jour vous vient l'envie de vous lancer dans cette belle profession, pensez à un mot qui vous servira au quotidien :

O.R.A.
O*bserver*
Réfléchir
Agir

Charles

TABLE DES MATIÈRES

PRÉAMBULE **7**

CHAPITRE I
C'est qui le chef ici ? 9

CHAPITRE II
Salut Claudie ! 21

CHAPITRE III
Ah ! Vive les journées... 27

CHAPITRE IV
Qui es-tu Léo ? 37

CHAPITRE V
Sheetah ou Icare ? 45

CHAPITRE VI
Et de trois ! 55

CHAPITRE VII
Et si j'avais tué... 69

CHAPITRE VIII
À toi, mon héros... 77

CHAPITRE IX
 Ma mère *89*

CHAPITRE X
 Qu'on me parle gentiment! *99*

CHAPITRE XI
 Je n'aime pas les hommes *109*

CHAPITRE XII
 Au nom de Zeus *121*

CHAPITRE XIII
 Vade Retro Satana *133*

CHAPITRE XIV
 Prise de conscience *145*

CHAPITRE XV
 A.D.N. *169*

CHAPITRE XVI
 Lâcheur! *189*

CHAPITRE XVII
 Mise au point *209*

CHAPITRE XVIII
Quel est le problème ? 223

CHAPITRE XIX
Assassin ! 237

CHAPITRE XX
Résilience 259

POSTFACE 269
INDEX 273
TÉMOIGNAGES 277

Notes de fin

[1] P.T.I. Aussi appelé « Homme Mort ». (Protection du travailleur isolé) ou un DATI (dispositif d'alarme pour travailleur isolé). Dispositif utilisé par un (ou plusieurs) travailleurs « hors de vue et hors d'ouïe » d'autres travailleurs (exemple : dans un environnement dangereux, pour des veilleurs de nuit). Un téléphone portable est communément utilisé avec la fonction P.T.I. L'alarme se déclenche lorsque l'appareil est en position horizontale prolongée.

[2] Morphée est, dans la mythologie grecque, une divinité des rêves prophétiques. Il est, selon certains théologiens antiques, le fils d'Hypnos (Le Sommeil) et de Nyx (La Nuit), et selon d'autres, la principale divinité des mille Oneiroi engendrés par Nyx seule. Il a pour vocation d'endormir les mortels.

[3] Bagne de Cayenne le 30 mai 1854, sous le Second Empire, une loi relative aux travaux forcés officialise la création du bagne de Cayenne, en Guyane. L'objectif est de remplacer les bagnes des ports métropolitains, Rochefort, Brest et Toulon, mais aussi de peupler la colonie. Dès la révolution, Cayenne a accueilli des proscrits royaliste arrêtés à la suite du coup d'État du 18 Fructidor (4 septembre 1797). 65 députés et 35 journalistes furent ainsi condamnés à la « guillotine sèche ». A la suite du coup d'État de Napoléon III, la Guyane reçoit encore trois mille prisonniers. A partir de 1854, les bagnards, dits « transportés », sont astreints à des travaux forcés et parqués dans différents camps, à Cayenne mais aussi à Saint-Laurent-du-Moroni, Sinnamary ou encore aux îles du Salut. Selon le principe du « doublage », les survivants ont l'obligation de résider dans la colonie pendant autant de temps qu'ils y ont été incarcérés, voire toute leur vie si leur peine est supérieure à huit ans. Ils reçoivent pour leur subsistance un lot de terre. « Extrait du texte de André LARANE, site Herodote.net, le média de l'histoire. »

[4] Icare : Dans la mythologie grecque, Icare est le fils de l'architecte athénien Dédale et de Naupacté, une esclave crétoise. Il est connu principalement pour être mort après avoir volé trop près du Soleil alors qu'il s'échappait du labyrinthe avec des ailes créées par son père avec de la cire et des plumes.

[5] TRUCK ou LORRY : un camion

[6] Open the door now : Ouvre la porte, tout de suite.

[7] Y.O.L.O. Traduit de l'anglais *YOLO* est l'acronyme de l'expression « vous ne vivez qu'une seule fois ». Dans la même veine que le latin carpe diem, c'est un appel à vivre la vie dans toute son ampleur, embrassant même un

comportement qui comporte un risque inhérent. C'est devenu un terme d'argot Internet populaire en 2012

[8] MR 73 : Le Manurhin MR 73 est un revolver à simple ou double action français mis en production en 1973 et fabriqué initialement à Mulhouse par l'entreprise Manurhin. Il s'agissait alors du premier revolver construit en France depuis 1892. Il a été développé pour répondre à la demande d'un revolver de la part de la police et de la gendarmerie, notamment de leurs unités spéciales.

[9] Gourgandine : Familier – Femme légère, facile, dévergondée. Synonymes : catin, coureuse, fille, gaupe, sauteuse, putain.

[10] Villa Tinto : vaste complexe immobilier situé à Anvers dans le quartier des marins. En son cœur se trouvent 51 vitrines où chaque jour des prostitué (e) s proposent leurs charmes. Derrière chacune de ces grandes vitres se cache une chambre avec un lit, une table, un évier, une douche, une toilette et une armoire. Si nécessaire, il y a le chauffage et l'air conditionné. Un simple rideau blanc opaque sépare la vitre et la petite pièce.

[11] Folon : Homme volant habillé de bleu du générique d'Antenne 2.

[12] En mon for intérieur : En moi-même, au plus profond de ma conscience.

[13] *Alea jacta est* : locution latine signifiant « le sort en est jeté », ou « les dés sont jetés », que Jules César aurait prononcée le 10 janvier 1949 av. J.-C. avant le passage du fleuve Rubicon.

[14] *Vade retro satana* : peut se traduire par « Arrière, Satan », « Recule, Satan », « Retire-toi, Satan » ou « Va-t'en, Satan ») sont les premiers mots d'une formule catholique utilisée lors d'exorcisme. Elle apparaît la première fois au Moyen Âge dans un ouvrage découvert à l'abbaye de Metten en Bavière.

[15] Brochage : Méthodes de travail des métaux, utilisées pour usiner ou calibrer des trous de forme particulière ou des profils extérieurs au moyen d'une broche.

[16] Olivage : (Métallurgie) Une des opérations de la fabrication d'un canon. Il confère un très bon état de surface des rayures (Cunnington, 1990) ; vu que ce procédé n'implique pas de coupage de métal, les marques visibles à l'intérieur du canon sont principalement celles produites lors du forage. – (Revue internationale de criminologie et de police technique : Volume 50, 1997).

[17] Crachez sa valda : Si dans le langage des truands la Valda va rapidement désigner une balle, ceux-ci se contenteront de prendre une Valda dans

le buffet mais ne feront jamais de cracher sa Valda un synonyme de défourailler. Peut-être parce que la corporation sera en partie à l'origine de cracher sa Valda comme signifiant avouer, et qu'en l'occurrence la confusion aurait pu s'avérer gênante. C'est donc cet unique sens de sortir ce que l'on a sur le cœur ou bien enfoui au fond de soi, que la langue surannée retiendra pour cracher sa Valda.

[18] Gnouf : Argot – Prison ou commissariat de police

[19] Mandat d'arrêt : ordre donné à la force publique par un magistrat de rechercher la personne à l'encontre de laquelle il est décerné et de la conduire à la maison d'arrêt indiquée sur le mandat où elle sera reçue et détenue.

[20] Scud : À l'origine, terme militaire anglais désignant un missile. Son utilisation s'est étendue de façon argotique pour désigner des attaques verbales ou écrites, qui arrivent de façon inattendue et surtout brutale.

[21] CNAPS : Conseil National des Activités Privées de Sécurité

[22] Background : Arrière-plan

[23] Mata Hari. Margaretha Geertruida Zelle dite Grietje Zelle, connue sous le nom de Mata Hari, est une danseuse et courtisane néerlandaise, née le 7 août 1876 à Leeuwarden et morte le 15 octobre 1917 à Vincennes. Elle fut fusillée pour espionnage pendant la Première Guerre mondiale.

[24] Résilience. La résilience est un phénomène psychologique qui consiste, pour un individu affecté par un traumatisme, à prendre acte de l'événement traumatique de manière à ne pas, ou plus, vivre dans le malheur et à se reconstruire d'une façon socialement acceptable.

[25] La saturation en oxygène, correspond au taux d'oxygène contenu dans les globules rouges après leur passage dans les poumons. Plus simplement, elle représente la quantité d'hémoglobine oxygénée dans le sang. Elle est mesurée par les médecins pour évaluer rapidement les fonctions respiratoires d'un patient.

[26] Kinésiologie : psychocorporelle qui s'appuie sur la tonicité des muscles pour identifier stress, blocages et charges émotionnelles non évacuées, explique Thierry Waymel, kinésiologue et Président de la Fédération française de Kinésiologie. Cette discipline permet d'interroger le corps à travers des tests musculaires précis. Ces derniers conduisent ensuite le praticien à identifier la source d'un mal-être ou de tensions [physiques, psychiques, émotionnelles, biochimiques, voire posturales], de libérer la charge émotionnelle associée à l'élément stressant, puis de retrouver

l'équilibre.» La kinésiologie ne soigne pas au sens médical : elle n'est donc ni une médecine ni une thérapie. Elle accompagne le client à mieux gérer son stress.

[27] *Carpe diem quam minimum credula postero* est une locution latine extraite d'un poème d'Horace que l'on traduit en français par : «Cueille le jour présent sans te soucier du lendemain», littéralement «cueille le jour, et [sois] la moins crédule [possible] pour le [jour] suivant».

[28] Armes de catégorie B : Il s'agit d'armes à feu de poing (pistolet, revolver) et d'épaule (fusil, carabine).... Certaines armes à impulsion électrique (tasers, choqueurs) et des générateurs d'aérosols incapacitants ou lacrymogènes (bombes lacrymogènes) sont également concernés.1 juill. 2020.